당신이

몰랐던

박람회장

2. NA 나란히 걷기

글 **유준상**

배우이면서 영화감독, 싱어송라이터이자 작가. '배우'라는 이름으로 한정하기 힘든 다재다능한 예술가.

스물다섯에 연극으로 데뷔해 지금까지 '배우'라는 이름으로 살고 있지만, 영화와 음악, 글을 쉼 없이 창작하고 있다.

30년 넘게 꾸준히 일기와 그림, 글을 쓰며 내면을 연마하는 동력으로 삼고 있다.

《행복의 발명》(2012년), 《JUNES THE ARTBOOK》(2013년), 《별 다섯 개》(2016년), 《나를 위해 뛴다》(2023년)는 그렇게 해서 탄생된 책들이다.

《당신이 몰랐던 박람회장》은 유준상이 쓴 첫 판타지 동화이다. 캐나다와 쿠바 등 여러 나라를 여행하며 영감을 받은 자연물과 풍경,

사람과의 관계를 모색하며 차근차근 써온 창작물이다. 책 속의 주인공 쥬네스(Junes)는 작가의 분신이다.

유준상은 박람회장의 이야기로 연주곡을 만들어 곧 앨범을 출시할 예정이다.

그림 **이엄지**

뮤지컬과 연극 무대 위에 상상의 세계를 만드는 아티스트.

뮤지컬 〈미세스 다웃파이어〉, 〈시티 오브 엔젤〉, 〈4월은 너의 거짓말〉,

〈프리다〉 등 다양한 스타일의 세계를 무대 위에 펼쳐낸 무대예술가이다.

현재 Cu:reative(큐리에이티브) 디자인 컴퍼니의 대표이다.

소컷, 디자인컷 그림 **쥬네스**

당신이 몰랐던 박람회장 2. NA 나란히 걷기

2024년 10월 18일 1판 1쇄 발행

글 유준상 **그림** 이엄지
발행인 유재옥

이사 조병권 **출판본부장** 박광운
편집1팀 박광운 **편집2팀** 정영길 조찬희 박치우 정지원 **편집3팀** 오준영 이소의 권진영
디자인랩팀 김보라 차유진 **디지털사업팀** 박상섭 김지연 윤희진
라이츠사업팀 김정미 맹미영 이윤서 **영업마케팅팀** 최원석 이다은
물류팀 허석용 백철기 **경영지원팀** 최정연
발행처 (주)소미미디어
등록 제2015-000008호
주소 서울시 마포구 토정로 222, 502호(신수동, 한국출판콘텐츠센터)
판매 (주)소미미디어
전화 편집부 (070)4164-3960 **기획실** (02)567-3388 **판매 및 마케팅** (070)8822-2301, Fax (02)322-7665

ISBN 979-11-384-8483-1 04810
ISBN 979-11-384-8481-7 04810(세트)

+ 표지·본문디자인 DESIGNPURE

당신이 몰랐던
박람회장

What you didn't know about the fairground

2. NA 나란히 걷기

유준상 글 | 이엄지 그림

소미미디어
Somy Media

안녕하세요. 유준상입니다.

작가의 말, 이 공간을 저는 여백으로 비워두고 싶었어요.

여러분에게 너무 많은 이야기를 하고 싶고

박람회장을 준비하면서 감사한 분들이 너무 많아서

오히려 빈 공간으로 두면 제 마음을 가득 담을 수 있지 않을까 생각했습니다.

그리고 여러분의 상상으로 이 공간을 채워가면 어떨까 하는,

그런 재미있는 생각도 해보았습니다.

제 마음이 작가의 말보다 박람회장 이야기로 전달이 되면 좋겠습니다.

앞으로 시리즈가 계속 만들어지길 응원해주세요.

지금부터 저와 함께 가볼까요?

쥬네스 올림

쥬네스의
여행 지도

헤밍웨이 할아버지의 바다

50년 동안 밟히지 않은 곳

WATCH YOUR STEP

Road

산 할아버지가 사는 곳

Eye Tree

Desert

구두

차 례

⬭ 쥬네스(Junes)

호기심이 많고 순수한
40대의 무명 배우.
테니스를 아주 좋아한다.
우연히 '테니스 할아버지'를 만나면서
박람회장으로 모험을 떠난다.

⬭ 테니스 할아버지

쥬네스처럼 테니스를 좋아한다.
기억을 잃은 듯 보이면서도
그렇지 않아 보이기도 해
쥬네스를 헷갈리게 한다.
박람회장으로 쥬네스를 이끈다.

⬭ 별 양치기

'닥터 스카이'의 소속으로
별들을 조정하고
양떼구름을 일렬로 배치한다.

⬭ 비술(Rain Drink) 아저씨

쥬네스가 박람회장에서
만난 첫 인물이다.
레인 풀(Rain Pool)의
기계를 움직여
비를 만든다.
빗방울을 남기고
기쁨도 상처도 남긴다.

⬭ 구름 맨

지구를 돌며
구름을 모으고 배치한다.
'구스타', '구름 바'로 불리기도 한다.

🜄 닥터 스카이
(Dr. Sky)

박람회장의 천체를 관장하는 최고의
위치에 있다. 구름 맨, 비술 아저씨,
썬 시스터, 스노우 브라더, 산 할아버지의
직속상관이다. 하늘을 나는 비행기를
계속 주시하는 일을 한다.

🜄 스노우 브라더
(Snow Brother)

눈을 만드는 일을 한다. 평생 눈 속에
갇혀 있지만 세상 밖으로 나가고픈
꿈을 꾼다.

🜄 산 할아버지

산의 모든 것을 키워낸다.
산 그림자 모습으로 쥐네스를
계속 지켜본다. 초록 풀 초니와
나무그루를 통해 쥐네스에게
이야기를 전한다.

🜄 나무그루

수많은 나무 동산을 지킨다.
앞으로 두 발, 뒤로 한 발 걷는 걸
반복한다. 그 모습을 보고 쥐네스는
'멈춰야 할 때가 또 다른 시작'이라는 걸
깨닫는다.

🜄 초록 풀 초니
(Choni)

'비술 아저씨'의 소속으로 예쁜 새싹을
만든다. 초니가 지나간 자리에
싱그러운 새싹이 자란다.

🜄 바람 아주머니

'썬 시스터'의 소속으로 누군가를
등에 태워 나르며 소식을 전한다.

🜄 스완 레이크
(Swan Lake)

호수를 만든다.

🜄 런던 포그
(London Fog)

'구름 맨'의 소속으로
세상을 뿌옇게 만드는
마술사이다.

🜄 몬트리올
까치

'스노우 브라더'의 소속으로
몬트리올에 산다.

🜄 분당 까치

분당에 사는 까치이다.

🜄 로드(Road) 아저씨

'구름 맨'의 소속으로 도로와 기찻길을 정비한다.

🜄 더 나이트 (The Night)

'로드 아저씨'의 소속으로 색깔로 저녁을 알리는 역할을 한다.

🜄 신호창 (Window)

라이트국 소속으로 신호등 전문가이다. 아스팔트를 수리한다.

🜄 가로등 아저씨

도로국 소속으로 가로등을 지킨다.

🜄 카우와 걸

퀘벡(Quebec)에 사는 두 쌍의 말이다.

🜄 아이스크림 아저씨

폭포로 가는 기차 안에서 아이스크림을 판다.

🜄 두더지 가족

기차 안에서 만난 쥬네스에게 폭포에 사는 카우와 걸을 소개해준다.

🜄 닥터닥터

엄청난 약을 개발하고 있는 박람회장 병원의 의사이다.

🜄 클린 아주머니

클린룸을 청소하는 아주머니이다.

🜄 헤밍웨이 할아버지

바다 위를 떠도는 모든 배들을 움직이는 바다의 항해사이다.

🜄 고래

쥬네스를 헤밍웨이 할아버지에게 데려다준다.

🜄 조나단 갈매기

자유를 찾아 홀로 떠난다.

🜄 갈매기 친구들

조나단 갈매기를 그리워하는 친구들이다.

🜄 지렁이 지토 (Gito)

4,999마리의 친구를 구하기 위해 트럭을 타고 모험을 한다.

🜄 지영

지토의 아내이다.

🜄 지쥬, 지네, 지스

지토의 아이들이다.

썬 시스터 (Sun Sister)

태양을 관장한다. 눈에 갇힌 스노우 브라더를 구할 수 있는 유일한 존재이다.

라인(Line) 씨

도시 정보팀 소속이다.

에우슨 생명체(EWSN)

AI이다. 어디서 들은 자극적인 이야기들만 모아 다른 이에게 전달한다.

무은스 (Moon's)

달빛을 조절하고 달 모양을 바꾸는 존재이다.

꿈 모탈자들

꿈에서 벗어날 수 없는 사람들이다.

더 북 (The Book's) 씨

유명한 작가의 서재를 지키는 존재이다.

루꼬(Luco), 또메(Tome), 라또(Lato)

몬트리올에 사는 갈매기 삼형제이다.

눈동자

모든 사람의 눈과 눈물을 관리하며 눈 나무(Eye Tree)를 만든다.

사막 수호신

사막을 지키며 모래 회오리바람을 일으킨다.

시아노 박테리아

산소를 만든 최초의 생명체로 나이는 36억 년 살이다.

낙타 세 마리

하늘로 날아 별로 가는 로켓에 쥬네스를 데려다준다.

거울 구두

몸통은 거울, 날개 같은 드레스를 입고 구두를 신고 있다. 거울을 통해 백 개가 넘는 쥬네스를 만날 수 있게 해준다.

삼각 머리 챗 로봇 박사

쥬네스에게 도움이 되는 이야기를 해준다.

우주인 박씨

쥬네스를 사파리 달로 안내한다. 쥬네스에게 우주복을 준다.

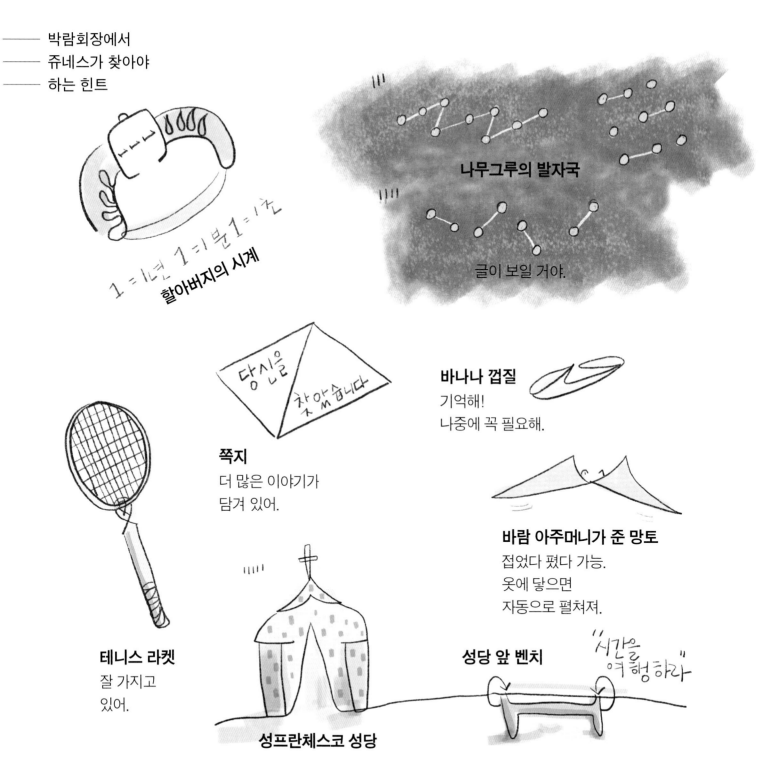

박람회장에서
쥬네스가 찾아야
하는 힌트

1 = 1년 1 = 1분 1 = 1초
할아버지의 시계

나무그루의 발자국

글이 보일 거야.

당신을 찾았습니다

쪽지
더 많은 이야기가
담겨 있어.

바나나 껍질
기억해!
나중에 꼭 필요해.

바람 아주머니가 준 망토
접었다 폈다 가능.
옷에 닿으면
자동으로 펼쳐져.

테니스 라켓
잘 가지고
있어.

성프란체스코 성당

성당 앞 벤치

"시간을 여행하라"

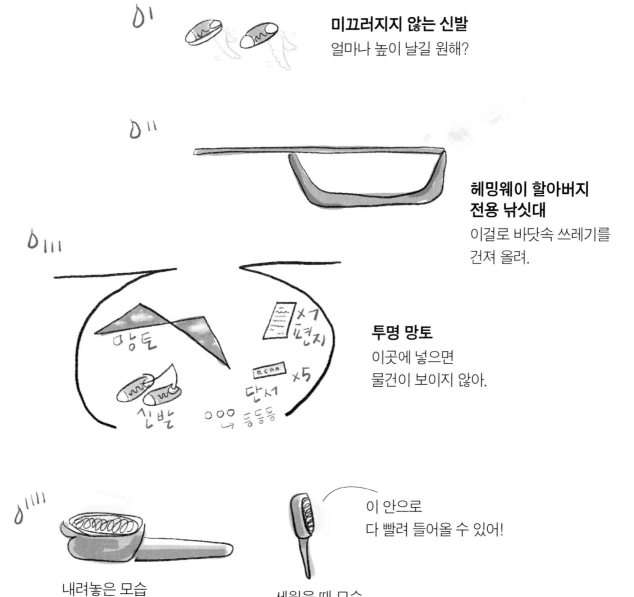

미끄러지지 않는 신발
얼마나 높이 날길 원해?

**헤밍웨이 할아버지
전용 낚싯대**
이걸로 바닷속 쓰레기를
건져 올려.

투명 망토
이곳에 넣으면
물건이 보이지 않아.

이 안으로
다 빨려 들어올 수 있어!

내려놓은 모습

세웠을 때 모습

소용돌이 손전등

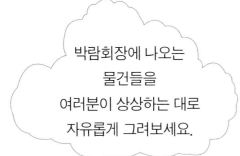

박람회장에 나오는
물건들을
여러분이 상상하는 대로
자유롭게 그려보세요.

박람회장에서 온 첫 번째 편지

더 북 씨의 책 《제목 없는 제목》

박람회장에서 온 두 번째 편지

박람회장에서 온 세 번째 편지

박람회장에서 온 네 번째 편지, 화살표, 커다란 지도

삼각형 로켓, 빨간색 버튼

하얀색 버튼, 초록색 버튼, 삼각형 네 개

나의 마음은

있는 그대로를

얼마만큼

읽을 수 있을까?

그대는 지금

어디를 보고 있나요?

당신과 내가 모르는 동안

달이 뜨고 졌나 봐요.

지금을 느껴봐요.

From JUNES

새로운 세상은 설레인다

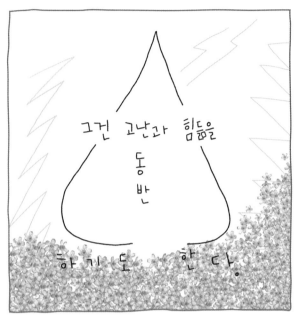

○ 동그라미 개수가 적은 것부터 차례대로 읽어보세요.

조나단 갈매기

할아버지와 배는 내 옆에 없고, 나는 구름 위를 걷고 있었다.

'어떻게 내가 구름 위를 걷고 있지? 정말 내가 생각한 대로 다 되는구나. 맞아! 아까 내가 그 얘길 했었지. 길을 잃지 않기 위해 구름이 붙어 있다고.'

나는 구름 위를 천천히 걷기 시작했다. 구름은 아주 푹신푹신했다.

"와, 신기해. 재밌어."

구름 위를 걸으면서 신고 있던 신발에 힘을 주자 몸이 하늘로 붕 떠올랐다.

'신발에 힘을 주었을 뿐인데… 혹시 이 신발은?'

갑자기 신발이 미끄러지면서 구름 위에서 스케이트를 타기 시작했다.

'와~ 닥터닥터 님이 주신, 미끄러지지 않는 이 신발은 정말 멋진 아이템인걸!'

날고 스케이트 타고, 다시 날고 스케이트 다시 타며 신나게 구름을 헤쳐 나가기 시작했다.

저 멀리 구름 사이로 갈매기 한 마리가 날아와 내 앞을 훅 지나 하늘 높이 날아갔다. 갈매기는 멋지게 아래에서 위로 비상하더니 내 옆으로 날았다. 지금까지 내가 본 갈매기 중에서 날갯짓이 제일 아름다웠다. 마치 사진이 한 장 한 장 겹쳐지는 듯한 몸짓과 움직임이 예술 작품을 보는 듯했다.

'와~ 정말 멋지다.'

갈매기가 어느 순간 내 앞을 지나갔다.

"조나단!"

나도 모르게 이름을 불렀다. 그러자 날아가던 갈매기가 내게 물었다.

"내 이름을 어떻게 알죠?"

"조나단 맞나요?"

조나단과 나는 구름 위를 함께 걸으며 얘기를 나누었다.

"난 늘 혼자였는데 당신을 만났군요."

"혼자라 외롭지 않나요, 조나단?"

"아무렇지 않아요. 난 하늘을 날고 있기 때문이죠."

"하늘을 나는 게 재밌어요?"

"재밌어요."

"친구들은 보고 싶지 않나요? 가족들은요?"

— 365

$$365 \times \frac{12}{24} \times 366.5 \times 238 \div 0.3763214$$

da   Te   Na

겹쳐라

"보고 싶어요."

"그럼 만나러 가면 되잖아요."

"난 너무 멀리 와 있어요."

"얼마나 멀리 왔는데요?"

"내가 온 길을 모를 만큼 멀리?"

"사실 당신을 찾는 친구를 만났었어요."

"내 친구요? 왜 나를 찾는다고 하던가요?"

"보고 싶다던데요."

"아…, 그렇군요."

조나단은 하늘로 날아올랐다. 혼자 하늘을 날며 울고 있는 것 같았다. 내 머리 위에서 빙그르르 빙그르르 돌다가 다시 내 곁으로 다가왔다. 태양이 구름 사이에 걸리기 시작했고, 나와 조나단은 태양과 함께 그곳에 있었다.

"비록 그들과 떨어져 있지만, 보고 싶어 하는 마음이 있기 때문에 그들의 마음속에 있는 거예요."

조나단은 이 말을 남기고 태양 쪽으로 서서히 날아갔다.

비술 아저씨가 한 말이 생각났다.

"가장 친한 친구 스노우 브라더는 지금 나랑 떨어져 있지만, 나는 항상 그 친구를 기다리고 있어."

"그런데 왜 못 만나요?"

"만나게 되면 스노우 브라더가 사라지니까."

나는 속으로 생각해보았다.

'비와 눈이 만나면 눈이 사라지겠지. 눈과 태양이 만나면 눈이 사라질 거고.'

"그러면 스노우 브라더 아저씨는 늘 혼자 있어야 해요?"

"그러니까 20년 동안 못 나왔지? 그보다 아주 오랜 세월 동안 혼자 있어야 할 수도 있어. 그래서 그 친구가 기다려져. 걱정되고."

나는 구름 위를 걷고 또 걸으며 비술 아저씨와 나눴던 말들을 곰곰이 생각했다. 스노우 브라더가 세상에 나오려면 썬 시스터의 도움이 필요하다. 하지만 스노우 브라더가 녹아서 없어진다는 걸 알기 때문에 서로 만나지 못한다는 것도 그제야 알게 되었다.

조나단과 헤어진 나는 해가 질 때까지 구름 위를 걷고 또 걸었다.

세상엔 모르는 일들이 참 많다. 그런데 그걸 다 아는 것처럼 넘어갈 때가 있다. 그때는 그냥 그렇게 넘어가면 된다.

'보고 싶은 이들이여! 잘 지내고 있죠? 잘 지내고 있기를….

세상을 향해 높이 날았던 갈매기 조나단처럼.'

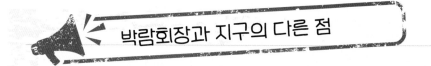

지구는 박람회장과 동일하게 존재하는 곳이다. 지금 지구의 모습이 말 그대로 박람회장에 똑같이 있다. 다만, 박람회장에는 지구와 다른, 또 다른 시공간이 존재한다. 지구와 똑같은 공간이 존재하지만, 박람회장에는 현실에 사는 사람들은 하나도 없다. 박람회장을 정비하는 박람회장인들만 있을 뿐이다. 그들은 지구를 정비하고 아름답게 유지하려고 노력한다. 지구의 공간과 겹쳐지는, 1년에 1초 그때 박람회장인들은 지구의 변화를 감지한다. 지구의 공간과 박람회장의 공간이 1년에 딱 한 번, 1초 겹쳐지게 되어 있다. 그 순간 지구에서는 비술 아저씨의 존재를 안다면, 비가 올 때 1초 동안 비술 아저씨가 보이는 것이다. 박람회장인들에게는 눈이 오면 스노우 브라더가 보이고, 비가 오면 비술 아저씨가, 정비할 때 고치는 사람들이 보인다. 하지만 인간에게는 1초 동안 보이고 이들은 사라진다. 1년에 1초, 지구의 공간과 겹쳐지는 순간이 지구로 돌아올 수 있는 시간인 것이다.

박람회장인들은 시간을 조정할 수 있다. 그 1초를 지금으로 만들 수 있기 때문이다. 1년이 1초 같아서 "1년의 시간을 빨리 돌립시다! 지금 1월인데 12월로 갑시다!" 하면 1월을 12월로 돌려서 1년이 가게 할 수 있다. 하지만 시간 앞에 서 있는 건 오직 현실 세계의 지구인만 가능하다.

지구인은 이 시간에서 1년을 계속 걸어야 1년이 지난다.

지구의 공간과 다른 공간은 오직 박람회장에서만 경험하는 특별한 세계이다. 그곳에서는 자연의 모든 신비와 비밀을 펼쳐 나갈 수 있다. 박람회장은 모든 것을 자연 그대로 지켜내고 싶어 한다. 박람회장인들은 위기의 순간을 감지할 수 있으며 그동안 수없이 많은 위기를 넘겨왔다. 하지만 정작 그들은 자신의 자리를 지켜야 하기 때문에 위기가 생겼을 때 직접 나설 수는 없다.

지렁이 지토 Gito 의 모험

박람회장에 내 방이 생겼다는 게 신기했다.

닥터 클린룸 넘버 335

'내가 이 방에 처음 왔을 때 이 번호가 있었나?'

궁금증이 일었다. 테니스 라켓을 선반에 올려놓고 거울을 보며 옷을 갈아입었다. 거울에 비친 내 신발을 보니 나도 모르게 웃음이 났다. 구름을 보았던 순간이 다시 떠올랐기 때문이다. 나는 설레는 마음을 가다듬고 주위를 둘러보았다. 단서함과 편지함이 있는 우편함이 눈에 들어왔다.

'서랍이 저렇게 많은데 딱 두 군데만 열 수 있다고? 진짜 흥미롭네. 서랍을 열었을 때 바람과 향기를 느꼈는데 그것도 재밌었어.'

그때 비술 아저씨가 클린룸으로 들어왔다.

"잘 지내고 있니?"

"아저씨, 안녕하세요! 아, 네. 뭐라 설명하기 어려울 정도로요."

"다행이구나. 재밌게 잘 지내고 있어서."

비술 아저씨의 말투가 담담해서 아저씨를 빤히 쳐다보았다.

"오늘은 또 다른 비가 올 모양인가 봐요."

"왜?"

"아저씨 머리 모양이 바뀌었잖아요."

"하하하하, 맞아. 너도 이제 나를 잘 알아가고 있구나."

비술 아저씨는 편안한 웃음을 지으며 계속 말을 이었다.

"쥬네스, 편지함을 한번 열어보렴."

편지함을 열자 바람이 훅 불어왔다. 거기엔 일곱 장의 편지가 있었다. 편지를 집으려고 손을 뻗는데 순식간에 편지가 사라지고 말았다. 나는 옆에 있는 단서함을 얼른 열어보았다.

"하나, 둘, 셋, 넷, 다섯. 모두 다섯 개의 단서들인가 봐요."

손을 뻗는 순간 다섯 개의 단서도 모두 사라져버렸다.

"앗! 이게 무슨 일이죠?"

31

JUNEA

비술 아저씨는 아무 말 없이 테니스 라켓이 놓여 있는 선반에서 뭔가를 끄집어내서 내 어깨에 걸어주었다. 내 눈에는 보이지 않지만 뭔가가 내 어깨에 매달린 것 같았다.

"이건 투명 가방이야. 단서들과 편지들 그리고 앞으로 하나씩 얻을 아이템들을 여기에 넣고 다니렴. 필요할 때가 올 거야 ."

"제가 가방을 메고 있는 거예요? 그리고 아이템이라고요?"

"쥬네스, 바람 아주머니가 망토를 주었지?"

나는 주머니에서 모자처럼 생긴 망토를 꺼내 비술 아저씨에게 내밀었다.

"이거요?"

"그래, 그 망토. 그리고 신발도."

나는 신발을 쳐다보았다.

"신발도 아이템이에요?"

비술 아저씨가 고개를 끄덕였다.

"이 신발로 구름 위를 걸었어요. 스케이트도 타고. 아~ 어쩐지…. 이것도 아이템이었군요."

"그리고 단서 하나를 받았을 텐데?"

나는 주머니에서 종이 한 장을 꺼냈다.

"헤밍웨이 할아버지를 만나러 갈 때 받은 거예요."

"그래. 앞으로 넌 편지와 단서를 받게 될 거야. 그때마다 투명 가방에 넣으렴."

"네."

나는 들고 있던 단서를 가방에 넣었다.

"정말로 안 보이네요! 진짜 투명 가방인가 봐요."

망토도 가방에 넣자 거짓말처럼 눈에 안 보였다.

"와, 대단하다. 또 뭐가 있더라. 아, 맞다!"

나는 옷장으로 다가갔다.

"제 옷 안에 테니스 할아버지가 준 쪽지가 있었어요."

나는 쪽지를 꺼내 비술 아저씨에게 내밀었다.

"그래? 그것도 넣어보렴."

"와~ 투명 가방에 넣으니 쪽지도 안 보이네요. 참 신기해요."

"쥬네스, 내 말 잘 들으렴. 앞으로 편지 일곱 장과 단서 다섯 장을 전부 받으면 손전등을 켜서 그걸 별자리에 하나씩 비춰라. 그러면 넌 다시 지구로, 네가 있던 그곳으로 돌아갈 수 있다."

나는 멀뚱멀뚱 아저씨를 쳐다보았다.

"그리고 그건 너의 불가피한 선택일 거야. 우리는 너의 선택을 존중한다."

멍하니 아저씨를 쳐다보고 있을 때 '똑똑' 소리가 났다. 문을 열고 들어온 건 클린 아주머니였다.

"지토가 도착했답니다."

"그래요. 알겠습니다."

"지토요?"

"네 친구가 될 거야."

"친구요?"

"응. 쥬네스, 네가 도와줘야 할 친구!"

클린 아주머니가 나가면서 내 눈을 뚫어져라 쳐다보았다. 그 눈길을 피하려고 했지만, 너무 강렬해서 피하기 어려웠다. 아주머니가 나를 향해 오라는 손짓을 했다.

"저요?"

나는 입 모양으로 대답하고 아주머니를 따라 나갔다.

"왜요, 아주머니?"

아주머니는 복도에 서서 내게 뭔가를 내밀었다.

"이거 받아."

"이건 뭐예요?"

"소용돌이 손전등이야. 네가 원하는 걸 다 빨아들일 거야. 일종의 청소기란다."

"청소기요? 혹시 이것도 아이템이에요?"

"쉿!"

아주머니의 소리에 나도 모르게 손으로 입을 가리고 조용히 물었다.

"아주머니도 이걸로 청소를 하세요?"

"나는 이걸로 청소해."

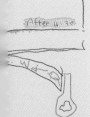

35

아주머니는 또 다른 청소기를 내게 보여주었다. 내 것보다 더 컸고 더 청소기처럼 보였다.

"제 것과는 다른 거네요."

아주머니는 이제 방으로 들어가라고 손짓하고는 복도 끝으로 사라졌다.

소용돌이 손전등의 버튼을 누르니 불이 들어왔다.

'이게 청소기처럼 빨아들인다고? 놀라운걸?'

나는 두리번거리다가 들고 있던 손전등을 투명 가방에 쏙 넣고 다시 방으로 들어왔다.

"비술 아저씨!"

비술 아저씨는 이미 사라진 후였다.

'아, 뭐야 진짜~.'

다시 우편함을 바라보니 열려 있는 편지함에서 약한 바람이 살짝 불어오고 있었다.

'아, 편지함! 편지함 문을 닫아야지.'

편지함을 닫으려고 하는데 강한 바람이 훅 밀려왔다. 몇 발짝 뒤로 물러서서 피하려고 했지만, 엄청난 바람이 나를 빨아들였다.

"어! 어! 안 돼! 안 돼!"

어느새 나는 편지함 안으로 쏙 빨려 들어가고 말았다.

시간이 얼마만큼 지났을까, 나는 다른 공간에 도착해 있었다.

"여긴 또 어디지?"

모래와 나무들과 꽃들만 있었고 저 멀리 트럭 한 대가 보였다. 트럭이 '빵빵' 경적 소리를 내며 내 앞으로 오더니 멈춰 섰다.

"누구세요?"

트럭에는 아무도 없었다.

'이상하다. 어떻게 트럭이 움직였지?'

그 순간 생각지도 못한 존재가 내게 다가왔다. 크기가 너무 작아서 금방 알아차리진 못했지만, 이 친구가 '지토'라는 생각이 얼핏 들었다.

"혹시, 지… 토?"

지토 앞으로 손바닥을 펴니 지토가 내 손바닥 위로 올라왔다.

"안녕! 난 지렁이 지토야."

"아, 너는 지렁이구나. 반갑다, 지토."

"응, 반가워."

"네가 어떻게 이렇게 큰 트럭을 운전할 수 있니?"

"다 돼."

"다 된다고? 진짜 대단하다. 근데 트럭은 왜 몰고 왔어?"

"실은 네게 부탁할 게 하나 있어."

"무슨 부탁?"

"내 가족과 친구들이 사라지고 있어."

"그게 무슨 말이야?"

"나를 좀 도와줄 수 있겠니?"

"내가 뭘 도와줄 수 있을까?"

"지금 내가 사는 곳에 이상한 일이 생기고 있어. 하얀 모래들이 우리가 사는 곳을 하나둘씩 없애고 있는 것 같아."

"없애고 있다고? 하얀 모래들이? 거기가 어디야?"

"트럭에 타."

"내가 올려줄까?"

"아니, 나 혼자 탈 수 있어."

지토는 문 옆 틈으로 들어가서 운전석에 앉았다. 내가 생각한 것보다 상당히 빠르게 움직였다.

"지토, 너 대단하구나."

지토가 버튼을 몇 개 누르자 트럭이 움직였다.

"와~ 신기하다, 지토야."

"그런 얘기는 나중에 하고, 우리 가족을 빨리 구하러 가자."

지토는 아무 말 없이 트럭을 운전했다.

한참을 달리자 앞에 흰 모래사막이 보였다.

"저 모래들이 우리가 사는 곳을 잠식하고 있어. 마치 빼앗는 것 같아."

나는 트럭에서 얼른 내려 앞으로 달려갔다. 그곳엔 좀 전에 내가 있던 곳과 똑같이 나무들과 꽃들 그리고 모래가 펼쳐져 있었다. 하지만 꽃과 나무들이 점점 흰 모래로 뒤덮이고 있었다.

"네 친구들은 어디 있어?"

"저 땅 밑에 있어."

"땅 밑? 맞아, 너희는 땅 밑에 살지."

"근데 그보다 더 땅 밑으로 사라지고 있어."

"네 친구들은 모두 몇 명이야? 아니 몇 마리야?"

"내 친구들은 사천구백구십구 마리."

"사천구백구십구 마리? 그렇게 많아?"

"내 친구들과 가족이 좀 많아."

"그래? 그럼 군데군데 모여 있겠네."

"맞아. 나를 따라올래?"

"내가 땅 밑으로 어떻게 들어갈 수 있지?"

지토가 의아한 듯 나를 쳐다보았다.

"넌 여기로 못 들어와?"

나는 지토를 한 번 보고 땅을 쳐다보았다. 다시 지토를 쳐다보는데 갑자기 방법이 생각났다.

"내가 땅을 팔 테니까, 넌 친구들이 있는 곳을 알려줘. 잠깐만!"

나는 망토를 뒤집어쓰고 모래를 파기 시작했다. 어느새 내 몸이 물구나무를 서듯 모래 안

39

으로 깊이 들어갔다. 나는 양손으로 흙을 파면서 지렁이들이 지나는 통로 길목을 찾았다.

"지토! 잠깐만!"

"왜?"

"여기 모래들이 끈끈하게 뭉쳐 있어. 원래 모래가 이래?"

"아니, 우리가 사는 곳의 모래는 뭉쳐 있지 않아."

나는 손을 뻗어 크게 뭉쳐 있는 모래 한 덩어리를 끄집어냈다. 그 안에 수많은 지렁이들이 엉겨 붙어 있었다.

"지토! 네 친구들이 여기 있어."

모래 밖으로 나온 나는 뭉쳐 있는 모래를 파헤쳤다. 그 안에서 지토의 친구들이 하나둘 깨어났다.

"와, 엄청 많다, 네 친구들. 여기에 얼마나 많은 친구들이 있었던 거야?"

"쥬네스, 다른 쪽도 찾아봐줘."

"알겠어. 내가 다 파볼게."

열심히 땅을 파자 점점 통로들이 보이고 나무들과 꽃들이 연결된 곳으로 흰 모래들이 점점 다가오는 게 느껴졌다. 나는 투명 가방에서 손전등을 급히 꺼냈다.

"지토, 잘 봐!"

손전등을 힘차게 누르는 순간, 불빛이 나올 거라고 예상한 것과는 달리 '휘익' 소리가 나면서 모래들이 빨려 들어왔다. 모래들이 손전등 안으로 빨려올 때 재빨리 손을 뻗어 지렁이들을 옆으로 걷어냈다. 그러기를 수없이 반복한 후 손전등을 껐다.

"휴우~! 지렁이들까지 다 빨려 들어갈 뻔했어."

"그건 뭐야?"

"청소기. 모든 것을 다 흡수할 수 있는."

"넌 멋진 아이템을 가졌구나."

"이걸로 네 친구들을 구해볼게. 근데 이 안으로 네 친구들이 들어가면 안 되니까, 네가 잘 지켜봐야 해."

나는 손전등으로 꽃들과 나무들에 붙어 있는 모래들을 빨아들이기 시작했다. 거대한 바람 소리와 함께 모래들이 빨려 들어갔다.

"어떻게 이 작은 손전등 안으로 그 많은 모래들이 빨려 들어갈 수 있을까? 아이템이니까 당연한 걸까? 신기해, 박람회장. 정말 고마워요, 클린 아주머니!"

얼마나 한참을 했을까. 나무들 밑에 안간힘을 쓰며 뿌리를 붙잡고 있는 지렁이 친구들의 무리가 보였다.

"지토! 나무뿌리에 네 친구들이 정말 많이 있어."

지토가 다가와 외쳤다.

"친구들아, 안녕! 아빠, 엄마, 할아버지!"

지토의 친구들과 가족의 함성 소리가 들렸다. 나는 나무뿌리에 붙어 있는 모래들을 떼어

내기 시작했다. 그러고 나서 다시 땅에 손을 집어넣자 내 손이 무언가에 훅 잡히는 느낌이 들었다.

"어! 뭐지? 이게?"

엄청난 힘이 나를 끌어당겼고, 내 몸이 모래 안으로 반쯤 들어갔다가 훅 빨려 들어갔다.

"아악~~!"

나는 단단한 어떤 물체를 손으로 잡고 간신히 버텼다. 손전등으로 비춰보니 커다란 돌이었다. 손전등 버튼을 힘차게 눌러서 나를 끌어당기고 있는 것들을 다 빨아들였다. 많은 모래가 손전등 안으로 빨려 들어왔고 나를 끌어당기는 거대한 힘도 느슨해지는 것 같았다. 나는 다시 땅 위로 올라왔다.

'커다란 손이 나를 잡아채는 느낌이었는데… 그게 뭐지?'

내 손을 잡았던 거대한 힘을 생각하자 나는 몹시 불안해졌다.

"쥬네스! 다 세어봤어. 사천구백구십팔 마리. 내 친구들과 가족 모두 찾았어. 그런데 한 마리가…."

"한 마리? 누구?"

"내 아내! 지영! 지영이가 안 보여."

"뭐?"

지렁이 친구들이 다같이 지영의 이름을 부르기 시작했다.

"지영아~."

"지영~."

모래에서 자유를 찾은 꽃과 나무들도 함께 지영이를 찾고 있는 듯했다. 그때 비술 아저씨가 하늘에서 비를 뿌려주었다. 꽃과 나무들, 지렁이들 몸에 묻어 있던 끈끈한 흰색 모래들이 씻겨 나갔다.

"비술 아저씨! 고마워요!"

나는 하늘을 올려다보며 소리쳤다. 그런데 아저씨에게 손 인사를 할 겨를도 없이 무언가가 생각났다.

"아까 내가 잡았던 돌! 맞아, 그 옆에 뭐가 있었어. 잠깐 기다려, 지토!"

나는 나를 끌어당겼던 구덩이 속으로 몸을 던졌다. 망토가 나를 그곳까지 안내해주었다.

'바람 아주머니, 정말 고마워요. 클린 아주머니, 고마워요. 당신들 덕분에 내 친구의 가족을 찾을 수 있었어요. 제발 지영이도 여기 있기를!'

계속 들어간 땅속에서 아까 느꼈던 돌의 감촉이 내 손에 느껴졌다. 황급히 그곳에 멈춰 서서 손전등을 켰다. 돌 안쪽에 조그마한 홈이 파여 있었고, 그 안에서 무언가 꿈틀거리는 게 보였다. 손톱으로 홈을 파보니 그곳에 지영이 있었다.

"어! 지영! 안녕!"

"안녕하세요."

지영은 인사를 하고 곧 기절하고 말았다. 나는 지영을 조심스럽게 손에 움켜쥐고 다시 땅 위로 올라왔다. 그리고 지렁이 친구들에게 손바닥을 내밀어 보였다. 모두가 큰 소리로 외쳤다.

"지영이 살아 돌아왔다!"

"지영이 살아 돌아왔어!"

"지토의 친구, 쥬네스가 우리를 살렸어!"

지렁이 친구들은 나에게 큰 환호를 보내주었다. 이 친구들을 살렸다는 안도감과 행복감에 내가 그동안 느끼지 못한 감동과 살아 있다는 행복을 느꼈다. 나는 빗물이 고여 있는 땅 위에 지영을 조심스레 내려놓았다. 지토가 지영에게 다가가 걱정스럽게 쳐다보았다.

"지영, 괜찮아?"

지영이가 천천히 눈을 뜨더니 지토를 바라보았다.

"지토…, 에취~!"

지영이가 기침을 하자, 지토가 걱정스럽게 지영을 쳐다보았다.

"에취~!"

지영이가 또 기침을 하니, 지토의 표정이 어두워졌다.

"에취~!"

세 번째 기침을 하자, 지영의 입에서 알 하나가 톡 튀어나왔다.

"지토, 이거 뭐야? 알이잖아."

"쥬네스, 실은 내 아내 지영이가 아가들을 가졌어!"

"지영이가 아가를 아니 지렁이 새끼, 아니지… 아무튼 네 아이들을 임신했었다고?"

"응. 네가 우리 아가들을 살린 거야."

그 말이 끝나자마자 알에 금이 갔고 아주 예쁜 지렁이 한 마리가 고개를 쏙 내밀었다. 이어서 또 다른 지렁이 한 마리가 고개를 내밀었고, 마지막으로 지렁이 한 마리가 고개를 알 밖으로 쏙 내밀었다. 모두 세 마리였다.

"와, 지토! 축하해!"

"쥬네스, 고마워. 자, 여러분! 쥬네스 덕분에 우리 아이들이 살아났습니다. 이 아이들에게 이름을 지어주겠습니다. 쥬네스의 이름을 따서 지쥬, 지네, 지스라고요!"

듣고 있던 사람들 아니 지렁이 친구들이 다 같이 커다란 환호성을 보냈다.

"쥬네스, 고마워. 네 덕분에 지쥬, 지네, 지스가 태어났어. 고맙다!"

지토의 말에 행복하고 즐거웠지만 왠지 민망한 마음도 함께 들었다. 그렇게 지렁이 친구들과 웃으며 시간을 보내고 있는데 갑자기 소리가 들렸다.

도시정보팀에서 알려드립니다.

지금 신호창이 고장 나 기차 바퀴가 탈선했습니다.

별 양치기 사다리가 옆으로 기울기 시작했고….

말을 빠르게 하는 걸 보니 다급한 상황 같았다. 그중에 내 귀에 정확하게 들리는 말이 있었다.

도시정보팀 관계자들은 최대한 빨리 이곳으로 와주시기를 바랍니다.

"지토, 이게 무슨 말이지?"

"도시정보팀에서 무슨 정보를 알아냈나 봐."

"그게 무슨 말이야?"

"시끄러운 존재들이 있어. 맨날 말만 퍼 담는 존재들."

"그럼 난 어떻게 해야 하지?"

"넌 도시에서 왔으니 거기로 가야 하지 않을까?"

"그럼 네 트럭을 잠깐 빌릴 수 있을까?"

"난 가족을 찾았으니까 이제 트럭은 필요 없어. 네가 타고 가."

"도시정보팀으로 가려면 어떻게 해야 해?"

"트럭 기기판에 도시정보팀으로 안내하는 버튼이 있어. 그걸 누르면 트럭이 갈 거야."

"고맙다, 지토. 잘 지내."

"쥬네스. 정말 고마웠어!"

우리는 서로 악수를 나누었다. 지토의 손이 차가웠지만 마음만은 너무나 따뜻하게 느껴졌다.

"지토! 우리 또 볼 수 있을까?"

"나중에 또 만나야지."

"그래, 지토. 널 만나 즐거웠어. 네 친구들과 가족이 무사해서 정말 다행이야."

지토는 나를 보며 함박웃음을 지었다.

"쥬네스, 널 절대 잊지 않을게."

나는 크게 손을 흔들며 트럭에 올라 기기판의 버튼을 눌렀다.

살다 보면 그런 날들이 있다. 무심코 고개를 돌렸을 때 누군가가 나를 따뜻하게 보고 있거나, 날 반갑게 안아주는 행복한 날.

나는 오늘 반갑게 맞아주는 친구들과 짧은 시간이었지만 잊지 못할 커다란 행복을 선물 받았다.

"지토야, 고마웠어. 안녕!"

비술 아저씨의 비가 저 멀리 하늘에서 내리기 시작했다.

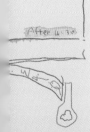

에우슨 생명체

JUNEA

   나는 도시정보팀 표지판이 보이는 높은 계단을 향해 급히 뛰어갔다. 그곳에서 도시정보팀 소속의 라인(Line) 씨를 만났다. 오랜만에 박람회장으로 돌아와 도시에서 무슨 일들이 있었는지 궁금했는데, 라인 씨에게 그동안 있었던 일들을 들을 수 있었다. 그런데 한참 들어보니 알아도 그만 몰라도 그만인 고만고만한 일들이었다. 문제의 시작은 항상 '누구'부터였다.

   '왜 다들 이렇게 쓸데없는 것들에 관심이 많지?'

   주변에서 무언가를 계속 쏟아내는 소리가 들려와 그곳을 처다보았다.

   '저게 뭐지? 머리가 동쪽에도 있고 서쪽, 남쪽, 북쪽에도 있네? 머리가 모두 네 개네. 앞뒤 좌우.'

신기하게 생긴 로봇의 앞뒤 좌우 머리에서 끊임없이 말소리가 쏟아져 나왔다.

"비술 아저씨가 비를 잘못 뿌리는 바람에 스노우 브라더는 아직도 못 나왔대요."

"아니~ 그래서~ 나뭇가지들이 거기서 다 얼고 있대요."

"무슨 말도 안 되는 소리예요."

"닥터 스카이 님이 우리한테 구름을 보내주기로 했는데 구름 바가 그걸 놓쳐서 홍수가 났대요, 글쎄."

"아니 그럼 그 시간에 비술 아저씨는 뭐 했대?"

그 말들을 듣고 있자니 귀가 아팠다.

"지토가 사는 마을이 흰색 모래들 때문에 난리가 났었다며?"

"그래서? 어떻게 됐는데?"

"그 와중에 애가 태어났대~."

"애가? 또 태어났어?"

"근데 애들 이름이 지쥬, 지네, 지스래. 아하하하. 아하하하."

'뭐지? 어떻게 그 일들을 저 로봇이 다 알고 있지? 왜 박람회장인들의 모든 일들을 저 로봇이 다 얘길 하고 있지?'

그 로봇은 오른쪽으로 고개를 돌리더니 또 다른 말들을 와르르 쏟아냈다.

"지난번에 바람 아주머니가 바람을 안 보내줘서 나무그루가 낭떠러지로 떨어져 난리 날 뻔 했대. 하하하하."

“신호등이랑 신호창이랑 서로 싸워서 노랑 경보가 발동되고.”

“그래서?”

“요즘 흰색 가로등이 계속 없어지고 있대.”

“그건 또 무슨 말이야?”

“#ㅑ0자ㅣㄴㅇ-애ㅕㅈ더ㅣ우;ㅣㅏㄴㄹ9437684 _& $@#&(^쁘또 @ㄴㅎㅋ쌰.”

갑자기 로봇이 알아들을 수 없는 이상한 말들을 쏟아냈다. 귀가 아프도록 시끄러웠지만, 내가 아는 친구들의 얘기라서 왠지 재미있게 들렸다.

‘근데 재밌다고 생각하면 안 되는 얘기인데… 누군가를 걱정하기보다는 파헤치려는 느낌인데?’

“잠깐만요!”

나는 머리가 동서남북으로 달린 괴상한 로봇에게 말을 걸었다. 로봇 주위에서 얘기를 듣던 박람회장인들이 나를 쳐다보더니 하나둘씩 자리를 피했다. 말을 멈춘 로봇이 내게 말을 걸었다.

“네가 쥬네스구나.”

“어. 넌 이름이 뭐야?”

“난 에우슨 생명체.”

“에우슨 생명체? 너도 생명체야?”

“응. 난 로봇 생명체야. 이스트웨스트 사우스노스(East West South North). 동서남북으로 머

리가 나 있어서 '에우슨'이라고 불러."

"에우슨, 반가워. 근데 아까 박람회장인들이 왜 다들 네 주위에 있던 거야?"

"내가 박람회장의 모든 얘기들을 해주니까."

"그 얘기들을 왜 궁금해하지?"

"넌 왜 궁금한 것 같니?"

나는 잠시 생각했다.

"난 네 얘기가 너무 재밌었어. 그래서 시간 가는 줄도 모르고 재밌게 들었는데… 근데 그건 네 얘기가 아니라 모두 누구누구의 얘기잖아!"

"어. 나는 누구누구의 얘기만 해."

"네 얘기는 없어?"

에우슨 생명체가 갑자기 불빛을 반짝이더니 멈추었다. 곧 다시 불빛이 켜지더니 말했다.

"생각해보니 내 얘기가 없네. 고마워, 알려줘서."

"어… 그냥 난 네가 네 얘기를 했으면 좋겠다고 생각해서."

"쥬네스, 네가 왔다는 소식은 들었어. 그리고 이곳에서 잘 지낸다는 소식도. 앞으로 네 얘기는 박람회장인들에게 전하지 않을게."

"내 얘기도 했었어?"

"어. 실은 네 얘기도 많이 했어."

"어떤 얘기를?"

"네가 구름에서 떨어질 뻔했던 거랑 고래 등줄기에서 바깥으로 튕겨 나간 것, 그리고 화장실에서 넘어질 뻔한 것들?"

"다들 재밌어 했어?"

"아주 재밌다고 했지."

"그렇구나. 이제 내 얘기는 하지 않아도 돼. 그게 중요한 게 아니었거든, 내 얘기는. 더 많은 얘기가 있었어. 넌 그것도 알고 있니?"

에우슨 생명체 불빛이 하나, 둘, 셋, 넷 차례차례 꺼지기 시작했다. 나도 더 이상 에우슨에게 말을 걸지 않았다.

'왜 모두들 다른 사람 얘기를 궁금해하는 걸까?'

그때 박람회장 스피커에서 소리가 들렸다.

잠시 후 나무 배열 토의가 있겠습니다.

모두 참석 바랍니다!

나는 박람회장으로 돌아가면서 도시에서 벌어지는 복잡한 일들을 잠시 잊고 싶었다. 햇빛이 나무 동산에 드리워져 있었다. 그 모습을 보며 나무 배열 토의를 하러 회의장으로 갔다. 그곳에는 달빛을 조정하는 무은스와 도시개발팀 사람들이 토론을 하고 있었다.

"나무가 일자로 되어 있어야죠."

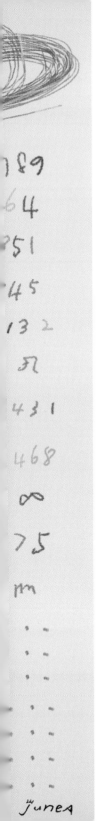

"아니죠, 회전으로 되어 있어야죠. S자로요."

"아니죠, 나무는 빼곡하게 다 심어져야 합니다."

"그러면 나무들은 어떻게 숨을 쉬나요? 그곳에 있는 동물들이나 식물들은 어떻게 삽니까?"

"그건 제가 알 바 아니죠. 전 배열만 책임지면 되니까!"

"그게 뭔 소립니까?"

"나무의 물줄기가 제대로 뻗지를 못 하고 있다고요."

"빛 조절이 잘 되고는 있는 겁니까?"

"무슨 소리예요! 지금 우리는 아무 문제가 없는데!"

"저기 보세요! 달빛이 저쪽에만 걸려 있잖아요!"

"나무가 계속 움직이고 있다고요."

"무슨 말이에요. 나무가 왜 움직입니까?"

"나무뿌리가 계속 움직이고 있다고요!"

"그럴 리가요!"

"지금 눈 나무 배열이 자꾸 틀어지고 있습니다! 빛이 한쪽으로 몰려서 눈 나무 뿌리들이 방향을 못 찾고 있어요."

"그리고 중요한 것들을 못 보내고 있지 않습니까?"

"그럼 그게 다 어디로 갔단 말이에요?"

"어디로 갔다는 게 아니라, 정상적으로 와야 할 것들이 안 들어오고 있으니까 배열에 문제가 있다고 생각하는 거죠."

"그럼 그건 누구 책임입니까?"

"누구 책임인지를 얘기하자는 게 아니잖아요."

"왜 빛이 그렇게 줄어드는지 무은스 님이 설명해주십시오!"

"조용히 하세요! 저도 이 상황을 심각하게 여기고 있습니다. 계속 들어와야 할 것들이 못 채워지고 있어요. 아주 심각합니다."

"그럼 어떻게 해야 합니까?"

"그래서 우리 달빛 조정국에서 조사하고 있어요. 잠시만 기다려주시면 해결책을 만들 테니…."

"그럼 저희들은 어떻게 해야 합니까?"

"이게 눈 나무 책임이에요? 아니면 뿌리 관리 책임이에요? 아니면 땅의 책임입니까? 빛의 책임이에요?"

"뭔가 모자랐기 때문에 이런 일들이 일어난 거죠?"

"왜 안 채우는 거예요? 닥터 스카이 님이 크게 걱정하고 계십니다!"

끝없이 논의가 이어졌다. 계속 지켜보던 나는 궁금해졌다.

'뭘 채우라는 거지? 뭐가 안 모인다는 거야? 박람회장에서 아주 중요한 일인 것 같은데….'

나는 눈 나무 배열이 왜 중요한지 더 궁금해졌다. 회의가 끝날 때까지 무은스를 기다리기로 했다.

무은스 Moon's

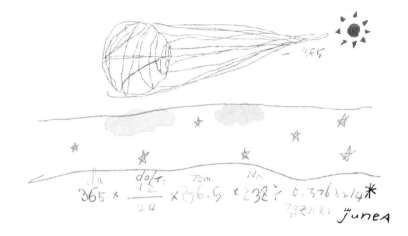

"무은스 님! 무은스 님의 방은 엄청 조용하네요."

"난 조용한 걸 좋아하니까."

"무은스 님. 이곳에서 그 많은 달들이 나오는 거예요?"

"하하하. 뭐가 궁금하니, 쥬네스?"

"궁금한 게 너무 많은데 특히 무은스 님 방이 제일 궁금했어요."

"그래? 한번 둘러보렴!"

"근데 아무것도 없는데요?"

"네가 보고 있는 것 그대로야. 여긴 아무것도 없어."

"그럼 달들은 어디서 나오는 거예요?"

"달들은 내 마음에서 나오는 거란다."

"무은스 님 마음에서요? 무은스 님이 마음 먹으면 달들이 나오나요?"

"아니. 닥터 스카이 님과 썬 시스터 님과 스노우 브라더 님과 비술 아저씨와 구름 바와 별 양치기와 의논하면서 만드는 거지."

"근데 왜 무은스 님 마음에서 나온다고 했어요?"

"내 마음이 제일 중요하니까!"

"무은스 님! 그게 무슨 말인지 모르겠어요."

"하하하. 너무 많이 알려고 하지 마."

"전 많이 알고 싶어요. 특히 이 박람회장을요. 왜 이렇게 시끄러운 거예요? 세상은?"

"시끄러운 게 원래 세상이야."

"그럼 무은스 님은 이 시끄러운 세상을 왜 비추는 거예요?"

"세상 사람들은 온도의 차이를 느낀단다."

"온도 차이요?"

"내가 빛을 더 주면 더 시끄럽고 빛을 덜 주면 덜 시끄럽지. 그런데 그걸 종잡을 수가 없어. 그래서 주기적으로 사람들의 싸움을 말릴 때 내가 빛을 주고 또 어떨 땐 빛을 안 주는 거야."

"그럼 빛을 안 주면 조용해지지 않을까요?"

"그럴 수만 있다면 우리가 왜 이 일을 하고 있겠니. 그렇게 안 되니까 이 일을 하는 거야."

"듣고 보니 쉽게 되는 게 하나도 없네요."

"그래서 박람회장인들이 무수히 노력하는 거란다. 세상의 평화와 자연의 아름다움을 조금이라도 유지하기 위해서."

"언젠간 이 모든 것들이 사라질 수 있나요?"

"그건 알 수 없어. 다만 그렇게 안 되길 바랄 뿐이지."

"근데 무은스 님, 눈 나무 배열이 왜 중요한 거에요?"

"쥬네스, 언젠가 넌 그 이유를 알게 될 거야."

"언제요?"

그때 갑자기 내 앞으로 편지 한 통이 날아왔다.

"박람회장에서 온 편지?"

나는 편지를 펼쳤다. 이제 날아오는 편지 정도는 그렇게 놀랍지도 않다. 정말 많은 것들을 보았기 때문에 익숙해지는 걸까? 박람회장은 알면 알수록 신기한 곳이다. 나는 편지를 소리 내 읽었다.

안녕, 쥬네스!

— 네, 안녕하세요.

여긴 박람회장이야.

　— 네, 알고 있어요.

지금 너는 박람회장에서 많은 시간을 보내고 있단다.

　— 네, 저는 아주 잘 지내고 있죠.

하지만 네가 얼마나 있었는지 모를 거야.

　— 어! 그러네. 얼만큼 시간이 지난 걸까?

이것이 1분일 수도 있고

　— 1분?

1시간일 수도 있고

　— 1시간?

1년일 수도 있고 10년일 수도 있어.

　— 10년이 지날 수도 있다고? 그럼 내가 있던 곳으로 돌아가면

　　10년이 지났을 수 있다는 거야? 말도 안 돼.

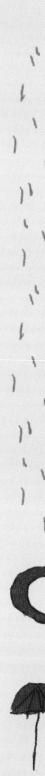

너는 그 시간을 몰라.

— 뭐야. 이게 끝인가? 왜 아무것도 안 쓰어 있지?

"무은스 님, 그걸 제가 어떻게 알 수 있을까요?"

"계속 읽어보렴. 더 없니?"

"또 있나요?"

 말려 있던 편지가 또르르 펼쳐졌다. 하지만 빈 종이였다. 그런데 마지막에 펼쳐진 종이 끄트머리에 적혀 있는 조그마한 글귀가 보였다.

추신 : 50년 동안 정비되지 않은 곳으로 가보렴.

— 50년 동안 정비되지 않은 곳으로 가라고?

"무은스 님, 그곳에 어떻게 가야 하나요? 설마 뒤돌면 그곳에 가게 되는, 그런 건 아니겠죠?"

무은스는 크게 웃으며 말했다.

"난 잠시 달빛을 만들고 올게. 넌 가서 멋지고 신나고 재밌게 네 시간을 만들어보렴! 그리고 네가 여기서 경험한 순간들을 잘 기억해놓으렴!"

"여기에 있던 모든 순간들을요?"

"응."

"만약 아무리 애를 써도 기억나지 않는 순간이 생기면 어떡하죠?"

"기억은 한꺼번에 나타났다가 순식간에 사라진단다. 마치 내가 만드는 달빛처럼."

무은스가 하늘로 올라가려는 순간 나는 다급하게 무은스를 불렀다.

"저한테도 그 달빛을 보여줄 수 있나요?"

"달빛을 보고 싶니?"

"네. 너무 보고 싶어요."

"그럼 이 달빛을 따라가렴."

무은스가 내게 달빛을 던져주었다. 달빛은 마치 계단처럼 내 앞에 펼쳐졌다. 나는 하늘을 향해 계단을 오르듯 한 발 한 발 내디뎠다.

"제가 지금 무은스 님의 달로 가는 거예요?"

"그래. 얼른 따라오렴."

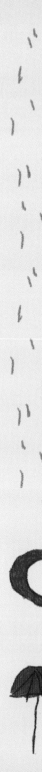

'슈우우욱' 소리와 함께 자동계단에 올라선 것처럼 눈 깜짝할 사이에 달빛까지 올라갔다. 무은스의 방에서는 못 봤지만, 위로 올라가자 엄청나게 펼쳐져 있는 달들이 보였다.

"우와! 무은스 님! 달들이 다 여기에 있었네요."

"그래. 여기서 하나씩 꺼내 보내는 거란다."

"우와! 하나, 둘, 셋, 넷, 다섯, 여섯, 일곱, 여덟…. 큰 달이 여덟 개가 있어요. 그리고 하나, 둘, 셋, 넷…. 너무 많아서 셀 수가 없는데 밑으로는 몇 개가 있는 거예요?"

"백스물다섯 개가 있단다."

"그럼 8 곱하기 125는 어… 천? 천 개의 달이 있는 거예요? 이 안에? 와~, 대단하네요."

"이 안에 있는 달은 천 개지만, 색이 다 바뀐단다. 그리고 그건 도형과 도면과 도표로 표현되고 거기에 별이 겹치면서 반짝이는 거란다."

"저 달이 도형이 되고 도면, 도표가 된다고요? 그리고 거기에 별이 겹쳐지고요? 와~!"

그 말을 듣고 있을 때 달 하나가 위로 올라오기 시작했다. 그리고 별 양치기가 뿌려주는 별이 달 사이로 스며들었다.

"와! 별이 겹쳐진다."

하늘엔 커다란 달과 아름다운 별빛이 빛나고 있었다. 무은스는 나를 따스한 눈길로 쳐다보았다.

"와… 무은스 님, 달이 너무 아름다워요."

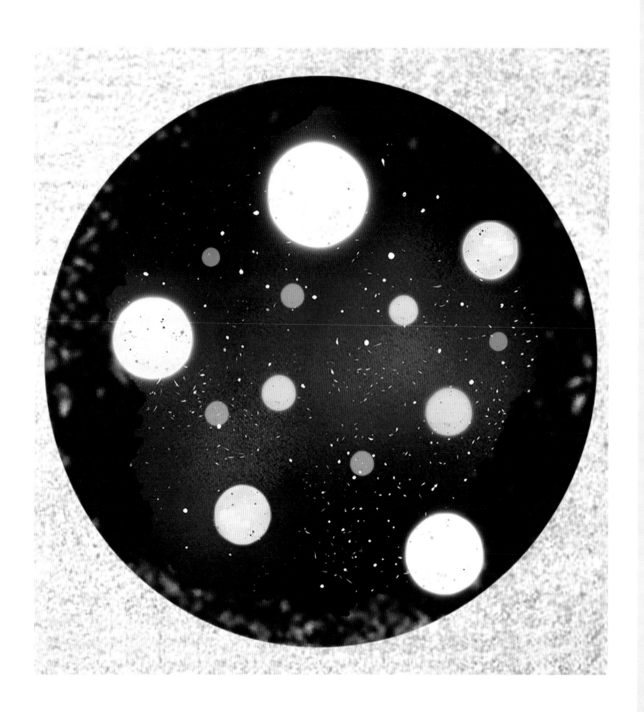

"달은 이곳에만 있는 게 아니야. 또 다른 곳에도 숨어 있지."

"어디요?"

"네 마음속에. 자, 이제 네가 가야 할 곳으로 가렴!"

그 말이 끝나자마자 다시 달빛 계단이 아래로 휙 펼쳐졌다.

"무은스 님. 이 계단을 타고 내려가면 어디에 도착하나요?"

"네가 가려는 곳이 나오겠지?"

"설마… 이걸 타고 가면 50년 동안 정비되지 않은 그곳으로….."

내 말이 끝나기도 전에 무시무시하게 빠른 속도로 또 다른 공간으로 이동할 수 있었다.

50년 동안 정비되지 않은 곳

나는 주위를 살피며 한 걸음 한 걸음 조심스럽게 움직였다. 정리되지 않은 길가 주변엔 물구덩이들이 출렁거리고 있었다. 트럼펫과 리듬에 맞춰 신나는 음악이 도로 건너편에서 들려왔다. 이 지역은 50년 동안 정비되지 않은 곳이다. 박람회장에서는 해마다 회의를 하지만, 이곳을 정비하기 위한 뾰족한 대책을 찾지 못하는 것 같았다. 나는 이곳을 더 깊이 알고 싶어서 천천히 길을 걸었다.

"비술 아저씨, 박람회장에 50년 동안 정비되지 않은 곳이 있나요?"

"물구덩이 구간이 있지. 거긴 대책이 없는 곳이야. 그곳에선 열 개의 언어를 써. 거기 사는 사람들이."

"열 개의 언어를 쓴다고요?"

"그러니까 서로 못 알아듣지. 자기 말만 하고. 무슨 말을 하는지 서로 몰라. 박람회장에서도 아주 골치 아프게 여기는 곳이야."

"그런데 왜 저한테 거기로 가라는 걸까요? 거기는 어떤 사람들이 있어요?"

"말로 설명하기 힘들지만, 거기엔 꿈 모탈자들이 있단다."

"꿈 모탈자들이요?"

"응, 박람회장에선 꿈에서 벗어날 수 없는 사람들을 한곳에 두기로 결정했지. 그게 바로 50년 동안 정비되지 않은 곳이야. 자유롭게 각자의 삶을 영위할 수 있도록 만든 공간이었는데, 서로 다 다른 말을 하기 때문에 정비를 할 수 없었어. 특히 그 물구덩이 구간을 누군가가 정리한다면, 거기 있는 사람들이 합심해서 정리를 한다면, 더 좋은 환경이 될 수 있을 텐데…. 우리도 그곳에 대해 손쓰지 못하고 있단다."

"왜요?"

"우리가 해야 할 일들이 너무 많기 때문이야."

"그러면… 제가 도움이 될 수 있을지도 모르겠네요."

"그러니까 너한테 편지가 왔을 테지."

"그런데요, 비술 아저씨. 그 편지… 저번에 얘기하셨는데, 제가 다시 돌아갈 거라고, 그건 불가피한 선택이라고 하셨는데, 그게 무슨 뜻인가요?"

67

그때 바람이 훅 불어오는 걸 느꼈다. 편지함이 열렸다는 신호 같았다.

"비술 아저씨. 설마… 얘기가 다 안 끝났는데 저기로 제가 들어가야 하는 건 아아아악~~!"

어느새 나는 편지함 속으로 빨려 들어가고 있었다. 엄청난 속도가 내 곁을 스치는 게 느껴졌다. 몇 번을 경험했지만 겪을 때마다 너무나 새로웠다. 망토를 쓰고 어두운 길을 헤쳐 나갔다. 계곡을 지나 바람을 맞으며 멈춘 곳에 '50년 동안 정비되지 않은 물구덩이 구간'이라고 적혀 있었다. 차들이 도저히 다닐 수 없을 것 같아 보였고 걷기도 어렵게 느껴졌다.

'정비가 하나도 안 돼 있네. 하지만 너무나 아름다운 곳이네. 마치 꿈속처럼. 어? 저기 성당이 있네?'

나는 성당에 들러 기도를 하고 나와 계속 길을 걸으며 비술 아저씨와 나눈 대화를 곱씹었다.

'꿈에서 나오지 못하는 사람들. 어떤 사람들일까?'

갑자기 엄청난 물이 내 얼굴에 튀어 깜짝 놀랐다. 큰 버스가 물구덩이를 지나고 있었다. 버스가 멈추자 많은 사람들이 그 안에 타고 있었다.

"안녕하세요. 자, 모두 이쪽으로 와주실래요?"

"ㅁㅇㄴ함어랴ㅜ히ㅓㅇ리무피ㅑ이ㅜ."

"alkdghidjaljoaiehtfdnckadf."

"#$!&*()$#^^*+@#~@$%^^*%&&."

무슨 말을 하는지 하나도 알아들을 수 없었다. 정말 많은 사람들이 계속 각자의 말을 하고 있었다. 그건 언어라기보다 그냥 말소리였고 외계어처럼 복잡하게 들렸다. 하지만 문제가 될 것 같지는 않았다. 각자 자기 일을 하면 되니까.

'그래. 구름 맨과 비술 아저씨, 스카이 닥터 님이 그랬던 것처럼 자기 일을 묵묵히 해내는 역할. 그걸 이들한테 알려주면 되겠지? 좋아! 시작해보자.'

나는 여기 모인 사람들과 함께 하나둘씩 정비하기로 마음먹었다.

"자, 아저씨가 여기 땅을 파묻으시고요."

나는 손짓을 하며 알아들을 수 있게 진심으로 설명했다.

"아저씨는 여기, 여기 있는 물을 파세요, 물."

물구덩이 물을 튀기면서 뜻을 전달했다.

"그리고 아저씨는 이쪽에 있는 흙으로 여길 덮어주세요. 네, 네. 그겁니다 그거."

나는 그들의 언어를 알아들을 수 없었지만, 신기하게 그들은 내 말을 이해하는 듯했다. 우리는 얼굴과 표정으로 대화를 나누었고 차근차근 물구덩이를 메꾸었다.

"와! 된다. 그래, 돼!"

시간이 많이 흐른 후 도로가 너무나 예쁘게 정비되었다.

'이들은 꿈에서 길을 잃은 사람들이라고 했어. 그러니까 자신들이 뭘 해야 할지 몰랐던 거구나. 내가 이 정도만 얘기해줘도 모두 잘할 수 있었는데 말이야. 근데 내가 떠나면 자기들끼리는 할 수 없겠지?'

하는 순간 그들은 또 다른 길을 메꾸고 있었다.

'이제 스스로 알아서 하고 있네!'

그들은 그 일에 흥미를 느낀 것 같았고, 자신들이 그동안 아무것도 하지 않았다는 생각을 하는 듯 너무나 행복한 표정으로 일하고 있었다.

'신기하네. 내가 이들에게 도움을 주다니 보람 있다.'

그때 버스에 타고 있던 한 친구가 내게 책 한 권을 내밀었다.

'더 북 씨? 더 북 씨가 쓰신 책이군. 제목이… 어?《제목 없는 제목》. 흠, 책 제목이 참 좋네.'

"그런데 이 책을 왜 나한테 주는 거예요?"

사람들이 내 주위로 몰려오더니 내게 이 책을 가져가라고 손짓했다. 그들이 뭐라고 말했지만 알아들을 수 없었다.

'그래. 더 북 씨를 찾아가 물어보자. 이들이 왜 내게 이 책을 줬는지.'

큰 보람을 느낀 나는 이곳을 뒤로하고 천천히 걸었다. 움푹 패인 물구덩이 위로 썬 시스터가 보낸 햇빛이 반짝거리고 있었다.

더 북 The Book's 씨의《제목 없는 제목》

나는 그런 상상을 종종 한다. 자전거를 타고 세계여행을 하는 상상. 배낭 하나를 멘 채 자전거를 짊어지고 강을 건넌다. 기차에 몸을 싣고 전 세계를 돌아다니면 멀리서 기차의 기적 소리가 새벽을 깨운다.

'와! 재밌겠다. 근데 난 지금 박람회장 모노레일을 타고 이 세계를 여행하고 있어. 꿈같은 박람회장이란 세계를.'

나는 역 이름이 적혀 있는 간판을 바라보았다.

'여긴 모노레일 역. 다음 역은 트리(Tree) 역.'

도시로 가는 정거장으로 가야 하는데 역 앞에서 흘러나오는 음악에 취해 무작정 트리 역에 내렸다. 역에 세워져 있는 자전거를 타고 도로변의 가로수를 따라 쭉 내달렸다. 꽃 역, 풀 역

을 지나 또 다른 세상을 향해 페달을 밟았다. 그렇게 박람회장의 하루가 또 지났다.

　나는 지금 '더 북 역'으로 가고 있다. 더 북 씨를 만나 많은 얘기를 듣고 싶어서였다. 내가 받은 더 북 씨의 책《제목 없는 제목》을 보고 놀랐던 건 아무런 글도 적혀 있지 않다는 거였다. 책 표지에 '제목 없는 제목 - 더 북' 이렇게만 쓰여 있을 뿐.

　'그들은 왜 나한테 이 책을 줬을까?'

　궁금한 마음을 가지고 더 북 씨를 드디어 만났다.

　"더 북 씨! 안녕하세요. 반갑습니다. 로드 아저씨한테서 더 북 씨 얘기를 들었어요."

　"오, 그래? 반갑다. 쥬네스."

　"제 이름도 알고 계셨군요."

　"그럼. 넌 이 박람회장을 아껴주는 친구니까. 그리고 이곳에서 아주 재밌게 지내고 있으니까."

　"네. 맞아요. 아주 재밌게 잘 지내고 있어요. 그런데 음… 50년 동안 정비되지 않은 곳에 사는 분들이 제게 이 책을 주었어요."

　더 북 씨에게《제목 없는 제목》책을 보여주었다.

　"그렇구나. 참 좋은 친구들이지."

　"맞아요. 거기 있는 분들은 각각 다른 언어를 쓰고 있었지만, 정말 다 좋은 분들 같았어요."

　"맞아. 많은 걸 내려놓은 친구들이지!"

"많은 걸 내려놓은 친구들이라고요?"

"꿈에서 나가지 못하는 사람들. 그 친구들이 네게 선물을 준 것 같구나."

"선물이라 하면….'

"그들은 아무것도 갖고 있지 않지. 하지만 그들이 타고 다니는 버스엔 이 책이 있었고 너에게 선물로 준 것 같아."

"아~. 고맙네요. 마음이."

"난 네가 이 책을 들고 여기에 올 거라고 생각했다. 언젠가는."

"제가 여기 올 줄 알고 있었다고요?"

"응. 넌 지금 네가 보고 싶은 길을 차근차근 잘 찾아가고 있단다."

"무슨 말씀인지 잘 모르겠는데요."

그때 더 북 씨가 《제목 없는 제목》 속으로 손을 쏙 집어넣었다.

"우와. 거기가 그렇게 뚫려 있었나요?"

그리고 그곳에서 무언가를 하나 꺼냈다.

"편지 같은데요?"

"맞아. 편지야."

"와~ 제가 받는 두 번째 편지예요."

나는 더 북 씨가 내민 편지를 펼쳐보았다.

두 번째 편지

단순함은 박람회장에서 가장 큰 무기.
가장 높이 나는 새가 가장 멀리 볼 수 있다.
너는 이미 그걸 알고 있어.

"이게 무슨 말일까요?"

"우리가 사는 세상 어느 곳에서도 전쟁은 일어나기 마련이야."

"네. 그렇죠. 지금도 전쟁을 하고 있으니까요."

"맞아. 여기 박람회장도 그걸 피할 순 없겠지?"

"네? 박람회장에도 전쟁이 일어난다고요?"

"지금까진 잘 막아내고 있지. 하지만 누군가는 이 공간을 파괴하고 싶어 하지 않을까?"

"누가요? 누가 그런 생각을 해요?"

"모르지. 알 수 없지, 세상은. 만약 이곳에서 엄청나게 큰 싸움이 일어난다면 넌 뭘 할 수 있겠니?"

"제가 뭘 할 수 있을까요?"

"거기에 맞서 당당히 싸울 수 있을까?"

76

"제가 무슨 능력이 있다고… 싸울 수 있을까요?"

"능력이 있어야만 싸울 수 있는 건 아니란다. 이곳을 지켜내려는 용기가 있어야 하고, 이겨낼 수 있는 아주 단순한 마음이 있어야 해."

"단순한 마음이요?"

"단순함은 모든 걸 이겨낼 수 있는 답이 될 수 있지."

"무슨 말씀인지 알 것 같기도 하고 모를 것 같기도 하네요."

나는 머리가 복잡해졌다.

'이 아름다운 곳을 누군가가 파괴하려 한다고? 그렇다면 내가 맞서 싸울 수 있을까? 내가 무슨 힘이 있다고. 아~ 모르겠다. 왜 나한테 이런 편지가 왔는지 모르겠어, 정말.'

"더 북 씨! 이 책을 다시 그들에게 돌려주고 싶어요."

"맞아!"

"뭐가 맞아요?"

"이 책을 다시 그들에게 돌려줘야 해."

"네?"

"책을 펼쳐보렴."

"분명히 아무것도 안 쓰여 있었는데? 우와! 무슨 글들이 이렇게 쓰여 있는 거예요?"

"아마 거기 있는 친구들은 여기 적힌 말들을 알아볼 수 있을 거야."

"아까는 아무것도 없었는데… 왜 지금 이런 말, 글들이 생겨나는 거죠?"

"네 덕분이지."

"무슨 말씀이신지…."

"네 덕분이야. 고맙다, 쥬네스. 얼른 가져다주렴."

"아, 네."

나는 책을 들고 그곳을 빠져나왔다.

기차가 시소처럼 하늘과 땅을 오간다. 그때마다 모든 풍경이 거꾸로 보인다. 나는 다시 기차를 타고 50년 동안 정비되지 않은 곳을 향해 가고 있다. 잘 모르는 대답들과 잘 모르는 상황들. 하지만 그게 무슨 의미인지 더 깊이 알려고 하지 않았다.

'어느 순간 자연스럽게 알게 되겠지. 박람회장이 흘러가는 것처럼.'

나는《제목 없는 제목》책에 적혀 있는 글들을 빨리 그들에게 보여주고 싶었다. 그들이 좋아할 모습이 눈에 선했다. 그들을 만나 책을 펼쳐 보였을 때 그들은 환호성을 질렀다. 나도 신이 났다.

마침 그곳에서 나뭇가지에 매달려 시합하고 있는 초록 풀 초니와 루꼬, 또메, 라또를 만났다. 초록 풀 초니는 어떻게 이 아이들과 친해진 걸까? 넷은 신나게 하늘을 나는 시합을 하고 있었다. 나도 함께하고 싶어 시합에 끼워달라고 했다.

루꼬, 또메, 라또는 이곳에 사는 아이들이다. 그네가 한 번 올라가면 루꼬는 하늘을 향해 환한 미소를 지었다. 또메는 그런 형이 부러웠는지 거꾸로 매달리기를 해보지만, 이내 땅바닥에 떨어졌다. 다행히 초록 풀 초니가 만든 잔디 덕분에 또메는 벌떡 일어나 라또를 본다. 할머니가 부르는 소리가 들리자, 라또는 얼른 뛰어간다. 루꼬에게는 그 소리가 들릴 리 없다. 또메는 망설이다가 다시 나뭇가지 그네 위에 매달려 하늘을 본다. 하얀 구름이 조용히 흘러간다. 어느새 루꼬는 하늘 꼭대기까지 올라가 있다. 멀리 볼타바 강이 보이고 까를 다리와 성들이 보인다. 할머니가 부르는 소리가 조금씩 작아지고 학교 종소리가 들린다. 클락 교장 선생님의 연설이 마이크를 통해 들린다.

"차렷! 경례."

"선생님, 안녕하세요."

루꼬의 소리가 까를 다리까지 들려오는 듯했다. 루꼬와 또메는 나무 위에서 수업을 듣고 있다. 나도 함께 들으며 신나게 다시 하늘을 나는 시합을 했다. 태양이 구름 위에 반짝거렸다.

"야, 엄청난데. 날 봐. 진짜 많이 올라가지?"

나도 모르게 하늘로 붕 날아오른 순간, 그만 그넷줄을 놓고 말았다. 갑자기 몸이 휙 날아가 굴뚝 같은 곳에 빠지고 말았다.

"으악~~~!"

한참을 안으로 들어갔던 것 같다. 거기엔 나를 깜빡깜빡 쳐다보며 움직이는 눈동자만 보였

다. 하나, 둘, 세 개였는데… 갑자기!

'히이익~~~ 이게 뭐야?'

수백 개의 눈동자들이 나를 뚫어지게 쳐다보고 있었다.

눈 나무 Eye Tree 이야기

"뭐야? 뭐지? 안녕하세요?"

수백 개의 눈동자가 동시에 깜빡깜빡거렸다.

"안녕하다고 대답하는 걸까? 아, 네. 반갑습니다."

다시 수백 개의 눈동자들이 깜빡깜빡거렸다. 이쪽에서 깜빡, 저쪽에서 깜빡, 마치 전구에 불이 켜지듯 눈동자 불빛이 사방에서 나를 비추었다.

"여긴 어디죠?"

나는 너무 놀라서 크게 소리를 쳤다.

"여긴 어디죠?"

같은 소리가 되돌아왔다.

"저기 눈동자… 선생님들! 반갑습니다!"

눈동자에서 나온 빛들이 깜빡깜빡 깜빡깜빡 하며 끊임없이 나를 비추었다. 그때 그 눈동자들을 서서히 밀치면서 무언가가 모습을 드러냈다. 커다란 눈을 가진 그리고 멋진 드레스를 입은, 눈만 보이는 한 사람 아니 눈동자? 머리카락은 있는데 눈만 있고….

"뭐지? 아, 안녕하세요…."

너무 놀란 나머지 나도 모르게 작은 소리로 물었다.

"안녕. 반가워요. 난 '눈동자'라고 해요."

"아, 눈동자 님. 안녕하세요. 너무 무섭게 생기셔… 아니 멋지시네요."

"하하하하. 내가 멋지다니. 그런 얘긴 처음 들어보네요."

"뭐랄까… 전혀 생각지 못했던 그런 모습이라 멋지십니다. 그런데 여기는 어디인가요?"

"여긴 사람들의 눈을 관리하고 판단하는 곳이에요."

"사람들의 눈을 관리하고 판단한다고요?"

"생소하게 들릴지 모르지만, 우린 사람들의 눈을 관리해요."

"어떻게 관리하는 거죠?"

"1년에 눈을 몇 번 깜빡이는지, 얼마만큼 눈물을 흘리는지 기록해요."

"말도 안 돼. 세상에 사람들이 얼마나 많은데, 그 사람들이 몇 번씩 깜빡이는지 눈물을 흘리는지 어떻게 다 기록하나요?"

"그래서 우리는 그 숫자를 셉니다."

"누가 그 숫자를 세나요?"

"눈 나무 사람들이."

"그러면 어떻게 세상 사람들의 눈을 보나요?"

"눈 나무 안에는 세상 사람들의 눈과 연결된 통로가 있어요. 우리는 그 통로로 인간의 뇌로 들어가 눈과 연결을 해요."

"그러면 제 눈에도 들어왔었다는 말인가요?"

"물론이죠."

"전 1년에 눈을 몇 번 깜빡였나요?"

"하하하. 정말 호기심이 많은 친구군요. 그런데 그건 알려줄 수 없어요. 기록하는 거니까."

"그러면 제가 눈물을 흘린 것도 다 아시나요?"

"물론이죠!"

"잠깐만요. 저 나무 안에 인간 세상과 연결된 통로가, 그것도 뇌와 연결되는 통로가 있다는 말씀인 거죠? 농담이시죠? 제가 이곳에서 수많은 일들을 겪었지만, 말도 안 돼, 아니 어떻게 뇌에 들어온다는 말이에요?"

그때 눈동자의 눈이 아주 무섭게 쳐다보는 게 느껴져서 나도 모르게 고개를 돌리고 말았다.

"죄송합니다. 제가 너무 무례했죠."

"아니에요. 얼마든지 그렇게 생각할 수 있어요. 이건 정말 어려운 문제거든요. 그리고 말로 표현할 수 없기도 해요. 우리는 정말 사람들의 뇌와 연결돼 있습니다."

“우와~.”

“그리고 우리는 그 숫자를 셉니다. 그런 후 통계를 내서 그 사람이 자는 시간과 깨어 있는 시간, 그리고 그 사람이 눈을 깜빡이는 시간을 통해서….”

눈동자에게 설명을 듣는 동안 나는 그 말들이 환청처럼 들렸다.

“그 시간을 통해서 우리는 자연의 이치를 깨달아요.”

마치 메아리가 되어 내 귀에 맴도는 것 같았다.

“그것을 통해서 하늘과 맞닿은 이곳에서 더 많은 것들을 현실적으로 개발하기 위해서….”

“잠깐만요.”

나는 이 메아리 소리를 멈추고 싶었다. 계속 그 말소리를 듣고 있자니 어떤 최면에 빠지는 듯한 느낌이었기 때문이다. 어쩌면 최면으로 우리 뇌에 들어올 수도 있겠다는 생각이 들었다.

“잠깐만요. 저, 어….”

“지금 뭐라고 했나요?”

“죄송합니다. 제가 혼잣말을 좀 많이 하는 편이라. 그러니까 제가 묻고 싶은 건 어떤 현실이요?”

눈동자는 가볍게 눈을 깜빡였다. 눈동자가 한 개라 아주 무서웠지만, 나는 눈동자를 계속 응시했다. 눈동자는 인자한 눈빛을 하며 말을 이었다.

“눈물을 흘릴 수 있는 현실의 시간, 그 시간을 기다리는 거죠. 눈물이 나올 때까지. 그리고 그 눈물이 자연스러울 때까지.”

"그러니까 제가 눈물 흘리는 시간을 기다리고, 그 눈물을 기록하고… 그렇게 해서요? 그렇게 기록해서 뭘 하는 건데요?"

"우린 그 눈을 가져옵니다."

"눈을 가져온다고요? 그러면 여기 있는 눈들이 내가 알 수도 있는 사람들의 눈이라는… 말인가요?"

내 목소리는 점점 더 기어들어 갔고 등골이 오싹해졌다.

"네. 여기는 눈만 관리해요."

"그럼 이 눈들은 전부 어디서 가져오는 거예요?"

"우리가 따온 거예요."

"따요? 눈을 딴다고요?"

"나무에서요."

"아, 나무요. 아, 그렇죠. 눈 나무. 그러면 눈이 자라는 나무가 있는 건가요?"

그때 눈동자가 손짓을 하자 마치 모든 불빛이 켜지는 것 같았다. 썬 시스터가 아니면 무은스가 세상을 밝혀주는 것처럼, 나무들에 매달린 수만 개의 눈들이 보이기 시작했다. 한 그루, 두 그루, 세 그루…, 이미 백 그루를 넘어 수천 그루의 나무들에 매달린 눈들이 나를 쳐다보고 있었다.

"이게 눈 나무인 거죠? 눈을 만드는 나무….'"

"네. 눈 나무예요."

엄청난 규모에 깜짝 놀랐고, 모든 눈이 반짝반짝거리며 나를 쳐다보고 있는 것에 더 깜짝 놀랐다. 세상에 이런 것들이 있다는 게 믿어지지 않았다.

"눈 나무는 어떻게 해서 만들어지나요?"

"죽은 사람과 산 사람의 영혼이 결합되어 생긴 초월감과 달빛의 밝기와 조절을 나누고, 사람과 사람의 좋은 에너지를 더하고, 안 좋았던 기억의 순간들을 빼고, 눈물과 눈물의 사연을 곱하고, 모든 자연의 순리를 다시 나누어서 만든 나무입니다."

"우와~~!"

나는 머릿속으로 조금 전에 눈동자가 들려준 말들을 재빨리 기억해보았다.

'사람과 사람의 좋은 에너지를 더하고, 안 좋았던 기억의 순간들을 빼고, 눈물과 눈물의 사연을 곱하고, 모든 자연의 순리를 나누어서 만든 게 눈 나무이다.'

"그럼 이 눈에는 산 사람의 것도 있고 죽은 사람의 것도 있는 건가요?"

"산 사람의 눈은 영혼의 눈이고요. 죽은 사람의 눈은 이곳에 있어요."

"죽은 사람이 눈을 뜰 수 있나요?"

"이곳에서는 사람들을 선별해서 좋은 눈에 좋은 기운을 다시 불어넣어 줍니다."

"그러면 죽은 사람도 눈을 뜨고 세상을 볼 수 있는 거네요. 이곳에서는요."

눈동자는 말없이 눈만 깜빡였다.

"그럼 이 눈들은 어떻게 사용되는 건가요?"

"우리는 이 눈들을 다 기록해서 다시 씁니다. 그리고 눈이 부족한 사람들에게 이 눈을 돌려주기도 하고요."

"어떻게 다시 쓰고, 어떻게 돌려준다는 말이죠? 그리고 눈이 부족하다는 건 무슨 뜻이에요? 눈이 안 보이는 사람들을 말하는 건가요?"

나도 모르게 너무 많은 질문을 내뱉기 시작했다.

"눈이 안 보이는 사람들뿐만 아니라 세상을 안 좋게 보는 사람들의 눈도 바꿔주죠."

"눈을 바꿔준다고요? 그런데 왜 눈이 부족하죠?"

"많은 사람들의 눈을 바꿔주기 때문이죠. 그리고 우리에겐 더 많은 눈물이 필요하기도 하고요."

"그러면 눈을 바꾸는 걸 그 사람들도 알아요?"

"아니요. 어느 순간 개과천선했다는 얘기를 들어봤나요?"

"네."

"그렇게 해서 바뀌는 거예요. 눈이 바뀌면서요."

"하지만 사람은 안 바뀐다고 그러던데… 아니, 그런 말들이 있어요. 사람은 안 바뀐다고."

"사람은 안 바뀌지만 눈이 바뀌면 사람이 바뀔 수 있죠."

"아… 이렇게 눈을 많이 바꿔주는데 세상에는 왜 이렇게 악한 사람들이 많은 건가요?"

"눈 나무가 부족해서 그래요."

"이렇게 많이 있는데요?"

"세상에는 사람들이 더 많습니다."

"아….."

눈동자의 눈빛은 그 안으로 쭉 빨려 들어갈 것처럼 선명하게 빛나고 있었다. 그리고 그 말 하나하나는 나에게 울림을 주는 듯했다.

"눈 나무가 부족하지 않으려면 어떻게 해야 하나요?"

나는 계속해서 질문을 이어갔다.

"자연을 잘 보존해야 하죠. 우리도 그게 항상 고민입니다."

깜빡이던 눈들이 나를 향해 웃고 있는 듯했다.

'내가 신기한가? 아니면 나 같은 사람을 처음 본 건가?'

눈동자가 나무 속 보관함으로 다가가 편지 하나를 꺼냈다.

"당신이 쥬네스죠?"

"네."

"당신이 오면 이 편지를 전해달라고 했어요."

"누가요? 제가 여기 올 거라는 걸 누가 알고 있었던 거죠? 신기하게도 제가 가는 곳마다 편지가 와요. 왜 그런 건지 눈동자 님은 혹시 아시나요?"

눈동자는 눈을 깜빡깜빡할 뿐 아무 말도 하지 않았다. 나는 편지를 읽고 싶었지만, 너무 많은 눈동자들이 나를 쳐다보는 압박감을 견딜 수가 없었다.

"편지 정말 감사합니다. 눈동자 님 그리고 많은 눈 님들. 이렇게 만나서 정말 반가웠고요, 부디 좋은 눈물 많이 만드시길 바랍니다. 저도 눈물을 많이 흘리도록 노력해볼게요."

눈동자들이 합창을 하듯 눈동자를 크게 깜빡였다.

"그렇게 많이 깜빡이지 않아도 됩니다. 저는 이곳에 있고 싶긴 하지만, 이제 전⋯."

마치 그들이 나에게 더 크게 합창을 해주는 듯했다. 들어는 봤는지, 눈동자들의 합창!

"아⋯ 그⋯ 저기⋯ 눈동자 님! 저는 이만 가보려고 하는데 어디로 가야 될지⋯."

그렇게 뒷걸음을 치다가 나도 모르게 진흙 속으로 빠지고 말았다.

"으악~~! 우후~~ 망토!"

투명 가방에서 망토를 꺼내 얼굴에 뒤집어썼다.

"우와! 여긴 어디지?"

원을 그리듯 빙빙 돌면서 위로 훅 솟아오르는 느낌이 드는 순간, 내가 마주한 곳은 나의 클린룸이었다.

박람회장 이야기

세 번째 편지

과연 지구는 얼마나 많은 책임을 스스로 질 수 있는가.

오늘은 나무를 쳐다보며 울었다.

내 눈물은 어디를 향해 가는 거예요?

우리에게 그럴 권리는 있는 건가요?

어디서부터 어떻게 잘못된 건가요?

누구의 책임이겠죠.

그리고 또 아무렇지 않게 넘길 거고요.

그러기엔 우리에겐 시간이 너무 부족해요.
주어진 삶은 파도처럼 내 옆에 쌓여요.
바다가 근처에 있어요.

"바다가 근처에 있어요? 이게 무슨 말일까? 편지들이 왜 이렇게 다 어려워? 아니야, 아니야, 어렵다고 생각하지 말자. 나한테 뭔가 말하려는 게 분명해."

나는 클린룸에서 눈동자가 준 편지를 읽고 또 읽었다. 읽을수록 더 이해하기 어려워지자 나는 머리카락을 움켜쥐었다.

"닥터 스카이 님! 도대체 저한테 무슨 말씀을 하고 싶어서… 어? 닥터 스카이 님?"

닥터 스카이가 아무런 신호 없이 내 방으로 들어왔다.

"반갑네. 이렇게 불쑥 찾아와서 미안하네."

"아닙니다. 그렇지 않아도 닥터 스카이 님한테 물어보고 싶은 게 너무 많았어요."

"그렇겠지. 우리도 자네에게 해줄 얘기가 참 많네. 지금처럼 이 박람회장을 계속 돌아다녔으면 좋겠어."

"네. 저는 지금까지 세 통의 편지를 받았어요. 이 편지들이 제게 무슨 말을 하려는 걸까요? 그리고 왜 저는 편지를 계속 받는 걸까요? 그리고 비술 아저씨가 일곱 장의 편지와 다섯 개의 단서를 모으면 저는 불가피하게 이곳을 나갈 수 있다고 하던데, 그건 또 무슨 말인지 진짜 알고 싶습니다. 그런데 마침 닥터 스카이 님이 오셨네요."

"허허허허. 쥬네스는 참 밝아."

"네. 저는 밝죠."

"그리고 맑아."

"맑아요? 제가요? 그러기엔 제 나이가 좀… 하하하."

"그리고 칭찬에 약하지."

"하하하. 네, 맞아요. 제가 칭찬에 많이 약한 거 어떻게 아시고… 아닙니다. 저 칭찬에 약하지 않습니다."

"좋아. 자네가 마음에 들어."

"제가 뭘 한 게 있다고 마음에 드시는지…."

"이제 우리는 자네에게서 많은 것들을 들어야 하네."

"저한테 얘기를 듣겠다고요? 제가 무슨 얘기를 해드릴 수 있을까요?"

"지렁이 지토를 만나서 한 일은 아주 훌륭했네."

"제가 뭘 한 게 있다고… 그냥 그 친구들이 알아서 열심히 해준 건데요."

"거 봐. 칭찬에 약하잖아."

"그런가요? 하하하. 그런데 하려는 말씀이 뭔지…."

"그때 거기서 만났던 흰색 모래 기억나나?"

"네. 뭔가 끈끈하고 기분 나쁜… 그리고 저를 잡아당기는 느낌이… 뭐랄까요, 엄청난 힘이

었는데…."

"그 흰색 모래."

그때 땅이 흔들리기 시작했다.

"어! 어! 어! 으악! 닥터 스카이 님! 이게 무슨 일이죠?"

땅의 기록을 살피는 기록관들이 분주하게 움직이기 시작했다. 그리고 경고등이 울리기 시작했다.

띠|띠|띠|띠|띠|띠|띠|띠– 띠–––딥–––삐–––!

아주 짧은 소리와 긴 소리가 교차되며 계속 들려왔다. 그때 기록관이 클린룸 복도에서 큰 소리로 외쳤다.

"지금 난리가 났습니다."

"무슨 소리예요?"

방에 있던 사람들이 모두 나와 물었다.

"지금 땅이 흔들리고 땅속의 돌들이 날아오고 있습니다."

"뭐요? 그러면 어떻게 해야 하는 거죠?"

"막아야 하지 않나요?"

나도 모르게 그 흔들리는 틈 속에서 막아야 된다는 말을 했다. 닥터 스카이는 분주히 박람

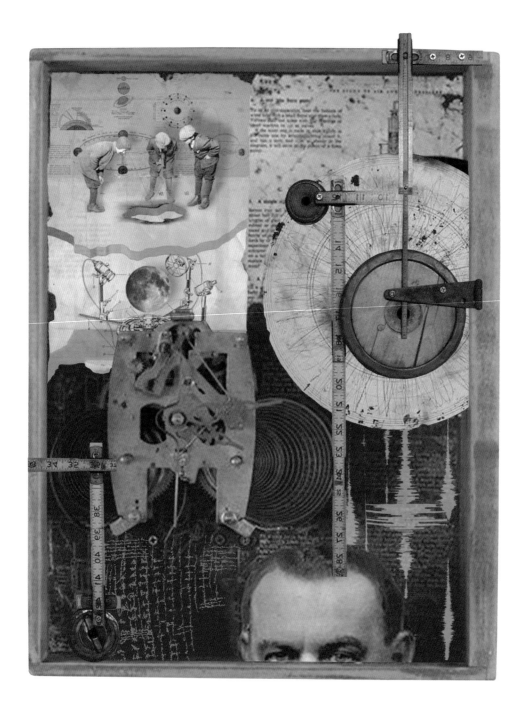

회장 회의실로 발걸음을 옮겼다. 계속되던 땅의 흔들림이 잠시 잦아들자, 나는 닥터 스카이를 따라 방을 나섰다.

　회의실은 아주 커다란 정적에 휩싸였다. 그리고 내가 그동안 못 보았던 많은 사람들이 모여 있었다.

　'회의실이 작아 보였는데 이렇게 많은 이들이 들어올 수 있구나. 와~, 고무줄처럼 늘렸다 줄였다 할 수 있는 공간인가 보네.'

　이런저런 생각을 하고 있는데, 땅의 기록관이 큰 책을 펼치며 말하기 시작했다.

　"지금 땅이 흔들리고 땅속의 돌들이 날아오고 있습니다. 이건 막을 수 없는 사건입니다."

　"무슨 소립니까?"

　"막을 수 없다니요?"

　회의장에 모인 각 분야의 담당자들이 계속 질문을 쏟아냈다.

　"이미 300년 전부터 오늘 날짜에 맞춰져 있었습니다."

　"그게 무슨 소리입니까?"

　"어차피 일어날 일이었던 거죠."

　"그걸 막을 수는 없나요?"

　"우리가 막을 수 없는 거라잖아. 이미 300년 전에 기록되었다고."

　"300년 전의 기록은 누가 한 거예요?"

　이때 도로를 지키는 도로국장이 다급하게 나와 어떤 말을 하려고 잠시 심호흡을 했다. 그

junea

주위에는 건물을 만드는 건물국장과 각 나라의 단체장들이 모여 앉아 있었다.

"다시 말씀드리지만, 오늘 일어난 지진은 우리가 막을 수 없는 것이었습니다."

"아닙니다!"

"막았어야죠!"

"그러면 도대체 다들 뭘 하고 계셨던 겁니까? 여기서는?"

단체장들과 건물국장 그리고 각 분야의 박람회장 관계자들이 한마디씩 거들기 시작했다.

"조용히 하세요! 처음부터 다시 말씀드리지만, 오늘 일어난 지진은 막을 수 없는 것이었습니다."

재차 강조하는 도로국장의 말에 모두들 더 흥분해서 많은 말들을 쏟아냈다. 그때 앞쪽에 있던 닥터 스카이가 조용한 목소리로 이들을 말렸다.

"자자, 다들 앉으십시오. 제가 다시 한 번 말씀드리겠습니다."

그리고 기록관에게 넘겨받은 300년 전의 기록을 읽기 시작했다.

　　　　지금부터 300년 후에 이 땅은 나뉘어 갈라질 것이고,

　　　　거기에 돌들이 튀어나와 엄청난 일들이 벌어질 것입니다.

"자, 여기 쓰여 있는 글들 보이시죠?"

한쪽 벽에 커다랗게 글씨가 보이기 시작했다.

"우리가 그것을 거스를 순 없습니다."

"그러면 우리는 뭐 하러 지금까지 이 땅을 지키고 하늘을 관측하고 별자리를 움직였던 건가요?"

"뭐 하러 지금까지 이 땅을 지키는 겁니까?"

"그걸 바꿀 수 있기 때문이 아니었을까요?"

"누구도 바꿀 수 없습니다."

"그럼 그걸 만든 사람이 누구예요?"

단체장들과 건물국장, 건물을 관리하는 각 분야의 관리자들이 또다시 큰 소리를 내기 시작했다. 나는 이 과정들을 숨죽여 바라보았다. 이때 역사 편찬 박물관장이 등장했다.

"여러분, 오늘 소집됐다는 소식을 듣고 부리나케 달려왔습니다. 여기에는 300년 전에 있었던 분도 있고 최근에 이 자리에 오게 된 분도 있을 겁니다."

'우와~ 300년 전에? 아, 저기 앉아 있는 다섯 분이구나. 와~ 정말 원로들이시네. 300년 넘게 사셨다고? 300년 된 수염, 만져보고 싶다. 아니, 아니지. 그런데 저분들은 갑자기 어떻게 나타났지? 일단 조용히 지켜보자.'

"먼저 300년 전부터 계셨던 원로분들과 인사를 나누십시오."

모두 일어나서 조용히 인사를 나누었다. 옆에서 보기에도 상당히 엄숙해 보였다.

"다시 앉아주십시오. 저는 역사 편찬 박물관장으로서 그리고 300년 이상 살아온 사람으로서 300년 전에 이 회의 장면을 본 적이 있습니다. 왜냐하면 그때도 지금 같은 문제로 모였기

때문이죠. 그리고 제가 얘기한 이 말들은 그때 기록이 된 겁니다. 앞으로 300년 후에 똑같은 일이 일어날 것이라고요."

역사 편찬 박물관장이 한 손을 높이 들자, 기상 관측장인 부엉이 새가 나와서 설명을 했다.

'우와! 엄청난 부엉이네. 저렇게 큰 부엉이를 본 적이 없어.'

사람들이 나를 쳐다보는 것 같은 시선이 느껴져서 나는 고개를 조용히 숙였다. 하지만 그들의 얘기를 자세히 듣기 위해 집중했다.

"우리는 예측을 합니다. 일어날 일들에 대해서 말이죠. 우리는 설명을 했습니다. 땅이 갈라질 거라고."

"설명은 했지만 막을 수는 없었습니까?"

기상 관측장 부엉이는 날갯짓을 하더니 다시 말을 이었다.

"막는 건 우리의 일이 아닙니다."

"그럼 도대체 누구의 일입니까?"

도로국장이 화가 나서 말을 던졌다. 그러자 다시 박람회장인들이 웅성대기 시작했다.

'여기는 말 한 마디를 하면 백 마디로 돌아오는구나. 회의 분위기가 정말 무섭네.'

그때 로드 아저씨가 등장했다.

"여러분, 진정하십시오! 이건 우리가 막을 수 있는 것도 아니고, 일어나지 말라고 해서 일어나지 않을 일도 아닙니다. 이건 그냥 순리예요."

"순리요?"

사람들은 다시 정적에 빠졌다.

"네, 순리요. 그리고 이치입니다."

로드 아저씨가 나지막이 말했다.

"그럼 그냥 지켜봐야 하는 건가요?"

도로국장이 다시 날카롭게 물었다.

"그렇습니다. 여러분은 별자리를 만들고, 구름을 움직이게 하고, 땅을 가꾸고, 자연의 고유함을 지키기 위해 있는 사람들 아닙니까?"

로드 아저씨가 단호하게 말을 이어갔다.

"그런데 우리가 힘을 합쳐도 안 되는 것이 있네요."

"그러게요. 우리가 힘을 합쳐도 안 되는 것이 있네요."

박람회장인들이 웅성대기 시작했다. 같은 말을 반복하고 있었다. 그때 썬 시스터가 빛을 내며 일어나 한마디를 던졌다.

"누구의 잘못도 아닙니다. 그 누구의 잘못도."

썬 시스터의 모습 뒤로 빛이 반사되기 시작했다.

멀리서 지켜보던 나는 혼자 그 말을 되뇌었다.

'누구의 잘못도 아니다…. 그럼 언제까지 이런 일들이 계속 일어나야 하는 걸까?'

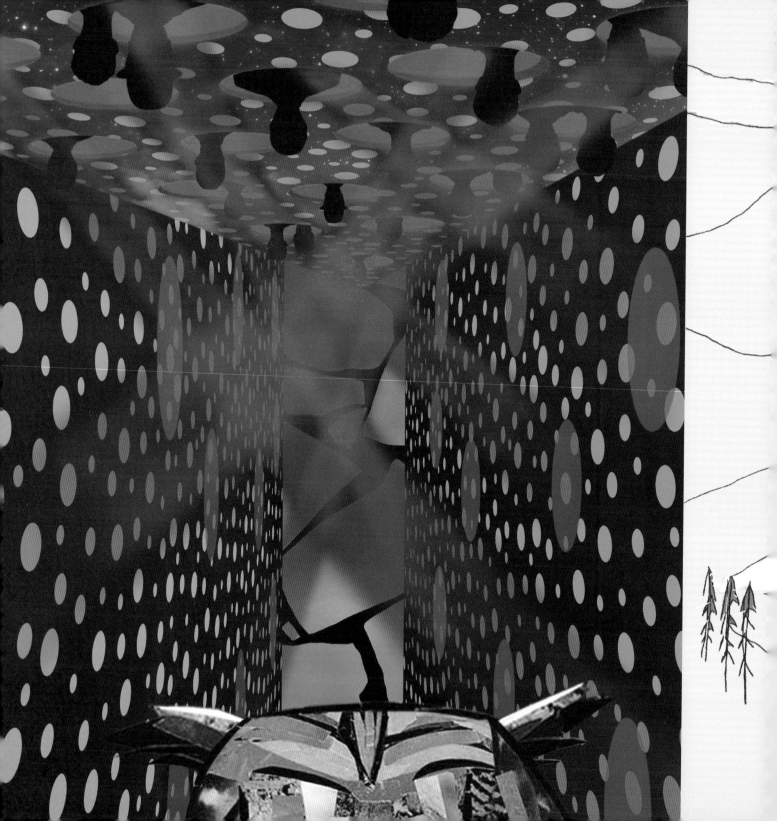

　　그때 경고등이 해제되면서 지진이 멈추었다는 신호가 날아왔다. 하지만 아무도 자리에서 움직이지 못했다. 그저 화면에 비친 처참한 광경만 바라볼 뿐이었다. 회의실에선 박람회장에서 일어나는 모든 일들을 동시에 볼 수 있는 듯했다. 무참히 파괴된 땅과 처참한 광경 앞에 나도 망연자실한 표정으로 화면을 응시했다.

　　"50년 동안 정비되지 않은 땅에서 아이가 구조됐네요."

　　"몇 시간 만에 구조됐다고 하던가요?"

　　"열흘이니깐 240시간이요."

　　"이번 지진으로 동쪽의 자연 지대와 서북쪽의 혜성 지대가 큰 피해를 입었다는 소식입니다."

　　많은 사람들과 자연이 피해를 입었다는 소식을 들었다. 하지만 한 아이가 살아났다는 소식에 안도의 한숨이 회의실 구석구석에서 들렸다.

　　'세상은 진짜 어렵고 힘든 고난의 그물망이구나. 그래서 어려워.'

　　나도 모르게 그런 말을 내뱉었다. 조용히 화면을 지켜보고 있는 이들을 뒤로하고 빠져나오려는데 또 땅이 흔들리기 시작했다. 클린룸에 도착해도 지진은 계속되었다. 몸을 가누기 힘들어 휘청거렸다. 침대에 앉아 멍한 상태로 천장만 바라보고 있었다.

JUNEA

거울 사막

천장에서 빛이 새어 나오기 시작했다. 잘못 봤나 싶어 눈을 깜박였다.

'별빛인가? 하나, 둘, 셋, 넷, 다섯, 여섯 개네.'

마치 별자리처럼 보였다. 별빛을 이어보니 활을 쏘는 모습 같아 보였다. 별자리가 깜빡깜빡하더니 내게 신호를 보내는 듯했다. 갑자기 땅이 갈라지기 시작했다.

"뭐야 이거? 안 돼!"

놀란 나는 갈라지는 바닥을 간신히 부여잡고 투명 가방이 있는지 확인했다. 혹시나 모를 일에 대비하려는 순간, 엄청난 힘이 나를 끌어당겼다. 나는 재빨리 투명 가방에서 망토를 꺼내 머리에 뒤집어썼다.

"으악~ 으악~ 나는 왜 으악으악 소리를 지르면서 이곳에 있어야 하는 거지~~!"

메아리가 길게 치는 걸 보니 아주 깊은 곳으로 떨어지는 것 같았다. 천천히 일어나 주위를 살펴보았는데 아무것도 없었다. 처음 보는 낯선 곳이었다. 온몸에 묻은 모래들을 툭툭 털면서 다시 한 번 주위를 둘러보았다.

'혹시 사막인가?'

모래를 한 움큼 쥐었다가 손바닥을 펴니 모래가 손가락 사이로 흘러내렸다.

'내가 지금 사막까지 왔다는 거네. 도대체 무슨 일이 일어난 거야?'

"저기… 누가 있나요?"

크게 소리를 치자 바람이 내 얼굴을 스치고 지나갔다. 입속으로 모래가 훅 들어왔다.

"헉! 바람 아주머니~ 바람 보내지 마… 업!"

말을 할 수 없을 만큼 엄청난 바람이 내 얼굴을 강타해서 소리칠 수 없었다. 모래를 간신히 털어내고 다시 큰 소리로 외치려고 했다. 그런데 그렇게 몰아친 모래 더미에 무슨 공간이 나 있는 것 같았다. 나는 고개를 갸웃하며 위에서 내려다보면서 생각했다.

'분명히 저건 모래가 지나간 후에 생긴 공간일 거야. 맞아, 맞을 거야.'

그리고 천천히 다가가 모래를 파헤쳤다. 종이가 보였다.

'어! 이건? 편지? 편지네!'

편지 봉투에는 이렇게 쓰여 있었다.

모래만 파면서 나오세요. ->

나는 편지를 빨리 열어보았다.

네 번째 편지
사막 한가운데서 인생을 맛보는 경험.
희로애락, 그것은 흩어지는 모래알
WHO ARE YOU?
PS, G ※ : 11

"WHO ARE YOU? 너는 누구냐고? 난 쥬네스인데. PS, G ※ : 11. 이건 퀴즈인가? 뭐지? 이게? 무슨 뜻이지? 왜 이렇게 편지가 점점 더 어려워져. 잠깐만. 모래만 파면서 나오라고 했지."

나는 네 번째 편지를 투명 가방에 넣고 손을 하늘 위로 번쩍 들었다. 마치 기도를 하듯 두 손을 모았다.

'자, 나는 이제 모래를 팔 거야.'

두 손을 힘껏 모은 나는 땅을 향해 힘을 쏟으려는 순간,

'아! 망토를 써야지!'

망토를 쓰고 모래 쪽을 향해 거대한 모래바람을 일으키며 땅을 파고 또 팠다. 지렁이 지토가 사는 곳에서 모래를 팠던 경험이 있어서 쉽게 모래를 팔 수 있었다.

'그래 가자! 파보면 알겠지.'

얼마나 팠을까.

'어? 화살표가 어디 있지?'

내가 서 있는 곳에서 신발을 오른쪽으로 옮겨보았다.

'화살표가 여기 있네. 잠깐만. 그럼 땅속으로 또 들어오라는 얘기네. 그래 간다, 가.'

나는 힘차게 땅을 파 끊임없이 펼쳐진 화살표를 따라가고 또 따라갔다. 한참 모래를 파고 나온 곳은 분명히 아까와 똑같은 자리였다.

"미치고 팔딱 뛸 노릇이네! 잠깐만. 다시 생각해보자. 화살표를 따라오라고 해서 죽을힘을 다해 파고 또 파고 팠는데 또 사막? 으악!"

나는 소리쳤다. 사막이라 메아리도 치지 않았다. 거대한 모래바람이 다시 나를 덮쳤다.

"으윽! 제발, 제발…."

모래바람은 회오리를 일으키며 사막의 모래들을 다 쓸어 가는 듯했다. 그때 회오리바람 속에서 큰 그림자가 보이는 것 같았다. 갑자기 불안한 마음이 들었다. 거대한 회오리바람이 내게 한 발자국씩 다가오는 것 같았다. 회오리가 걷힌 후 커다란 두건을 쓴, 모래로 만들어진 어마어마한 형체가 나를 보며 말했다.

"환영한다. 난 사막을 지키는 수호신이다."

"우와! 엄청나요. 이 모든 회오리바람을 사막 수호신 님이 일으키신 거죠?"

아무 말이 없었다.

"참, 제 소개를 안 했군요. 저는 쥬네스라고….."

"알고 있다."

"아, 알고 계시는군요. 방금 전에 무슨 일이 있었던 거죠? 박람회장에?"

"지진이 나서 모두 회의에 참석하고 있었지. 그런데 또 지진이 난 거야. 여진이지."

"다들 무사한가요?"

"다들 복구하기 바쁘지."

"그런데 왜 저는 여기에 온 건가요. 사막 수호신 님?"

사막 수호신은 방향을 틀어 내 오른편에 섰다. 움직일 때마다 커다란 회오리바람이 일어나는 움찔 뒤로 물러섰다.

"자리를 안 바꾸셔도 되는데… 아, 아닙니다. 그런데 저는 왜 여기 온 건가요?"

"그건 너의 운명이야. 네 운명이 여기까지 오게 한 거야."

"운명이요? 운명이 존재하는 건가요?"

"모르지. 네가 알아내야지."

"어떻게 하면 알아낼 수 있을까요?"

사막 수호신은 다시 자리를 바꿔 내 등 뒤로 옮겼다.

'이유는 알 수 없지만, 저 회오리들이 한자리에 계속 있지는 못하겠지?' 하는 생각을 하며

사막 수호신을 바라보았다.

"어떻게 하면 알아낼 수 있을까요?"

'안 들리셨나?'

"어떻게 하면 알아낼 수 있을까요?"

더 큰 소리로 다시 물었다.

"모래를 계속 파렴."

"지금껏 계속 팠는데, 얼마만큼 더 파야 하나요?"

"길이 보일 때까지."

"여기 길이 있을까요?"

"그럼. 사막에는 다 길이 있어. 모래로 감춰져 있을 뿐이지. 그래서 누구나 다 사막을 건널 수 있지만 사막에 갇힐 수도 있는 거란다."

"그럼 어떤 마음으로 사막을 헤쳐 나가야 하나요?"

"아무 생각하지 말고 그냥 땅만 파. 생각이 널 힘들게 할 수 있어."

"그런 것 같아요. 지금까지 많은 생각들 때문에 이렇게 힘들어졌나 봐요. 그런데 물은 있을까요?"

"네가 찾아야지."

"같이 찾아줄 수 있나요?"

JUNEA

"아니, 그건 네가 해야 해. 나는 길을 안내할 뿐이야."

사막 수호신은 이 말을 남기고 회오리바람을 크게 일으키며 떠났다. 사라져가는 회오리바람을 보며 또다시 사막 한가운데 홀로 남겨졌다는 생각이 들자, 나는 그 자리에 털썩 주저앉았다.

헤엄치듯 바닥에 몸을 대고 모래를 파헤쳤다. 투명 가방에서 망토를 꺼내 쓰고 앞으로 한 팔, 한 발 헤엄치는 것처럼 모래를 파며 땅속으로 계속 내려갔다. 한참 동안 헤엄을 치니 길이 보이는 것 같았다.

'모래를 헤치며 끝없이 파야 한다니, 말도 안 돼. 정말.'

말은 그렇게 했지만, 계속 모래를 팠다.

'박람회장은 정말 말도 안 되는 이상한 곳이야. 하지만 현실에서는 이보다 더 이상한 곳이 많지. 오히려 이곳이 더 나을 수도 있어. 그래, 아무 생각하지 말고 땅을 파서 길을 찾자.'

땅속으로 들어갈수록 어둠이 깊어졌다.

몇 날 며칠을 헤엄치다시피 파면서 모래 속에서 물을 찾아 마셨다. 어떤 때는 모래 속에 있는 작은 미생물들도 만날 수 있었다.

"이런 곳에 물이 있다니, 와~ 물이 정말 너무 소중하구나. 근데 잠깐만. 뭐가 보이는데?"

내가 겨우 들어갈 정도의 비좁은 틈 사이로 물이 가득 차 있었고, 그 안에서 움직이는 것이 보였다.

"신기하네. 아주 잘 움직이는데? 안녕!"

어항 속에 들어 있는 것처럼 무언가가 꾸물꾸물 움직였다.

"안녕. 내 말을 들을 수 있니?"

나는 아주 작게 인사를 건넸다. 물에서 머리를 훅 내미는 아주 작은 친구가 있었다. 그리고 물이 있는 조그만 곳에서 모든 친구들이 밖으로 머리를 내밀었다. 자세히 보니 나를 쳐다보는 듯 고개를 내밀었다 사라졌다, 내밀었다 사라졌다 했다. 땅속이라 숨이 막혔는데 탁 트이는 것처럼 신선한 산소가 폐로 들어오는 듯했다.

"분명 여긴 땅속인데…. 내가 지금까지 맡았던 공기 중에 제일 신선한걸. 와~ 어떻게 된 거지? 너희는 누구야?"

"우리는 시아노박테리아야. 우리는 시아노박테리아야."

작은 친구들이 입 모아 합창하는 것 같았다.

"뭐라고?"

"우리는 시아노박테리아야."

"다 같이 얘기하지 말고 한 사람만 아니 하나씩… 너희는 누구니?"

"시아노박테리아, 시아노박테리아."

"시아노박테리아?"

나는 그들이 왜 합창하는지 알게 되었다. 너무 소리가 작았기 때문에 소리를 한데 모아야 내가 들을 수 있다는 걸 아는 듯했다. 정말 흥미로웠다.

"우리는 지구가 숨 쉴 수 있게 해주는 최초의 생명체야."

"너희가 산소를 만든 최초의 생명체라고?"

"우리는 태양의 빛에너지를 이용해서 만들어졌어."

"오~ 대단하다."

"우리 나이는 36억 년이야."

"뭐? 36억 년 전부터 너희가 살고 있었다고? 와~ 신기하다. 너희 때문에 우리가 숨을 쉴 수 있는 거였구나? 이런 소중한 녀석들. 와~ 반가워, 얘들아. 시아노박테리아!"

"쥬네스, 힘내!"

"너희도 내 이름을 알고 있니?"

"우리는 너를 끊임없이 응원해."

"고맙다. 여기는 어디야?"

"여기는 사막 한가운데. 이제 곧 보일 거야."

"뭐가 보이는데?"

"아주 멋진 곳을 보게 될 거야."

"너희도 가본 적 있니?"

"아니. 우리는 이곳에만 있어야 해. 이곳에서 산소를 만들어서 너희가 살고 있는 곳으로 계속 보내야 하니까."

"너희도 박람회장 구성원이구나."

"그렇다고 볼 수 있지."

"고마워, 친구들. 그런데 어떻게 모두 똑같이 생각하고 같은 말을 할 수가 있지? 덕분에 너희 말이 잘 들린다. 어떻게 그럴 수 있지?"

"그건 네가 그렇게 들어줬기 때문이야."

"내가 들어줬기 때문이라고?"

"아주 작은 우리를 놓치지 않고 보아줬기 때문이지."

뭔지 모를 감정의 꿈틀거림이 나를 툭 건드렸다.

"나, 물 한 모금만 더 마셔도 되지?"

그들은 조그만 홈이 파인 돌덩어리 옆으로 비켜주었다. 나는 손으로 물을 떠서 입을 적셨다.

"고마워, 친구들. 언젠가 다시 만났으면 좋겠다. 나는 계속 가볼게. 반가웠어. 우리를 있게 해준 시아노박테리아."

"우리도 반가웠어, 쥬네스."

그들의 합창 소리가 뒤에서 계속 들려오는 것 같았다.

"그래, 가자. 가!"

나는 망토를 쓰고 더 힘을 내서 모래를 파며 앞으로 나아갔다. 그때 화살표가 위로 솟구쳤다. 나는 그 화살표를 잡고 따라 올라갔다. 화살표가 땅을 파는 기계처럼 요란한 소리를 내며 나를 도와주었다.

"오~오~~~ 으~으~음~~~ 위이이이이~~~ 치극치극 치극치극."

　수십 번의 소리가 난 후 나는 사막 위로 올라올 수 있었다. 그리고 사막과 연결된 지중해 한가운데 있는 물을 만날 수 있었다.

'와… 너무나 아름다운 물이다. 바다인가 봐. 모래 위의 바다?'

　나는 조심스럽게 아름다운 물 위로 한 걸음 한 걸음 걸어 나갔다. 지중해 바다의 사막 위에 펼쳐져 있는 그림 같은 이곳. 그리고 내 모습이 물에 비쳐 선명하게 보였다.

'아름답다. 너무나….'

　그때 갑자기 바다에 누워 있던 거울 같은 물들이 선명한 기둥처럼 일어나기 시작했다.

'우와! 바닷속에 거울… 거울이… 있다고?'

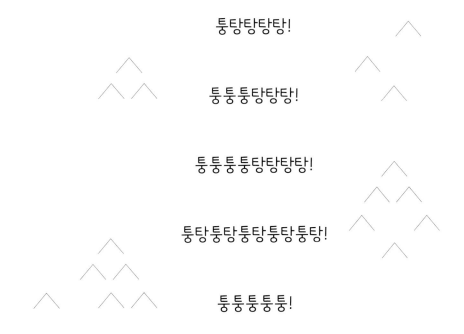

툭탕탕탕탕!

툭툭툭탕탕탕!

툭툭툭툭탕탕탕탕!

툭탕툭탕툭탕툭탕툭탕!

툭툭툭툭툭!

탕탕탕탕탕!

약 백 개의 거울이 엄청난 속도로 바다에서 솟아나 나를 에워쌌다. 그 거울 속에 있는 나만 보였다. 갑자기 거울이 움직이기 시작했다. 내 앞으로 왔다가 멀리 사라졌다가 다시 다가왔다 사라졌다를 반복했다. 나는 몸을 움츠렸다 폈다 하면서 나를 보고 있는 나와 말을 주고받을 준비를 했다. 그때 거울 속 내가 다른 모습으로 바뀌고 있는 걸 느꼈다. 그 순간,

"나~ 나~ 나~ 나~ 나~ 나~ 나~ 나~ 나~ 나~ 나~ 나~."

거울 속에서 내 목소리가 울려 나왔다.

'뭐야? 저건 난데. 그런데 저건… 어! 아기! 아기? 어! 저것도 난가? 저 아이….'

오른쪽으로 고개를 돌렸다.

'아! 아! 할아버지? 안녕하세요! 아니 누구지?'

순간 백 개의 거울 속 모습이 모두 나로 바뀌었다는 걸 느꼈다.

'말도 안 돼. 나의 모든 나?'

거울에서 바라보고 있는 나. 그리고 내가 나를 바라보고 있는 나. 어렸을 때 나. 할아버지가 된 나. 아기였던 나. 젊을 때의 나. 그리고 지금의 나. 이들이 서로 신기하다는 듯 지금 내 모습을 똑같이 따라 하고 있었다. 내가 고개를 오른쪽으로 돌리면 모두 오른쪽으로 고개를 돌렸고, 내가 앉으면 다 같이 앉았다. 내가 팔을 벌리면 다 같이 팔을 벌렸다.

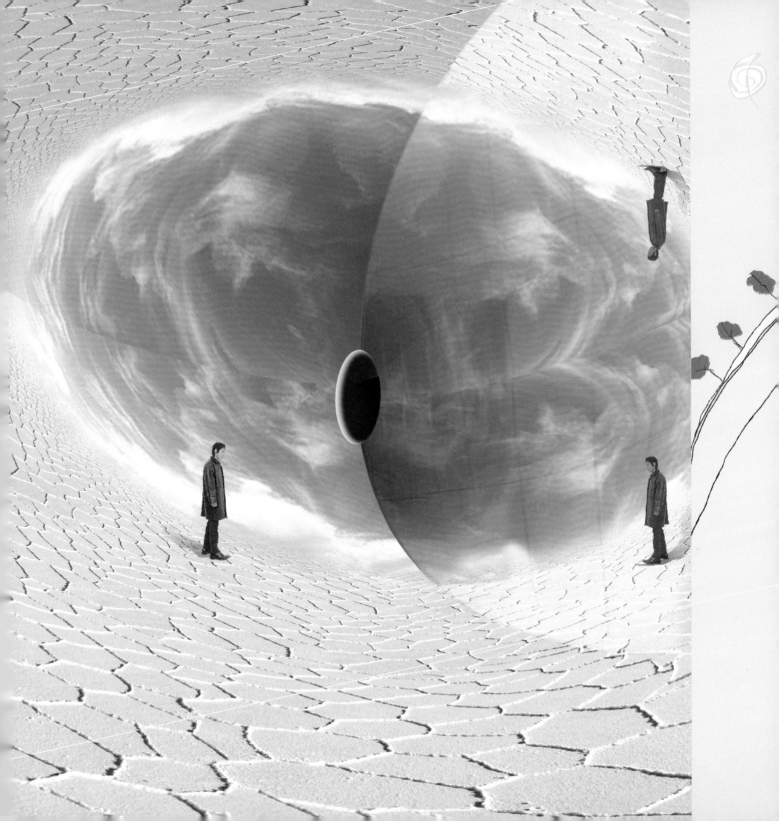

"왜 날 따라 하는 거예요? 아… 거울이라서 날 따라 하는 거구나. 그런데…."

너무 당황스러웠다.

'모든 내가 나를 보고 있다?'

내가 물었다.

"어떤 게 진짜 나예요?"

거울 속에 있는 내가 대답했다.

"나~ 나~ 나~ 나~ 나~ 나~ 나~ 나~ 나~ 나~ 나~ 나~."

'모두 나라고?'

미칠 것만 같았다.

'나는 백 개의 거울을 통해 나를 보고 있다. 아니 백 개가 넘을지도 몰라. 이게 전부 난
데….'

내가 머리를 움켜쥐고 괴로워하면 그들도 똑같이 괴로워했다. 그때 거울 신발을 신은 아름
다운 한 사람이 손으로 빛을 펼치며 다가오고 있었다. 거울을 하나씩 움직이며 내게 걸어오
는 듯했다.

'몸은 거울이고, 날개 같은 드레스 차림에 신발은… 거울 구두 님?'

너무나 아름다워 나도 모르게 멍하니 쳐다보고 있었다.

"안녕. 반가워."

"거울 구두 님이세요?"

"나를 알고 있었니?"

"네. 어디서 들었는지는 기억 안 나지만. 그런데 여기를 어떻게 올 수 있을지 망설이고 있었어요. 지도에도 나와 있지 않았고… 클린 아주머니가 사막을 건너면 만날 수 있다고 했는데… 여기 지도에…."

지도를 꺼내려고 투명 가방에 손을 넣는데 커다란 지도가 눈앞에 펼쳐졌다. 거울 구두가 펼친 지도였다.

"지도에 적혀 있긴 해. 여기 '구두'라고."

"아, 구두. 이게 거울 구두 님이셨군요."

"그래. 반가워."

"내가 나를 볼 수 있다는 곳이 바로 여기였군요."

"그래. 여기서 너는 네 모습을 볼 수 있어. 백 가지가 넘는 너를."

"그럼 과거의 저도 만날 수 있나요?"

"물론. 너의 과거도 미래도 여기에 다 있지."

"저는 앞으로 어떻게 되나요?

드레스를 입은 거울 구두가 내게 더 가까이 다가왔다. 드레스 자락이 끌려 바닷물에 적셔졌다.

"너만이 알겠지. 쥬네스."

아주 다정하게 느껴져서 그만 거울 구두의 거울 안으로 빨려 들어갈 것 같았다. 나는 한 발

짝 뒤로 물러서면서 물었다.

"거울 안으로 들어가면 저를 만날 수 있는 건가요?"

"만날 수 있지."

"말을 건넬 수도 있고요?"

"서로 말할 수도 있어. 하지만 거울 속의 너는 지금의 너를 몰라."

"저만 저를 알아볼 수 있군요."

"언제의 너를 만나고 싶니?"

나는 거울들을 바라보았다. 어린 시절의 나부터 할아버지가 된 나까지. 너무 생소했지만 수많은 내가 있는 나를, 그리고 내가 맞는지도 모르는 생소한 나를 바라보며 거울 구두에게 물었다.

"여기 있는 곳에 다 들어갈 수 있나요?"

"아니. 두 개의 거울에만 들어갈 수 있어. 너는 어떤 거울로 들어가고 싶니?"

"글쎄요… 다 들어가 보고 싶긴 한데… 미래는 못 볼 것 같아요. 궁금하긴 하지만…."

"사람들은 욕심을 가지고 있지. 그 욕심은 자신만이 알아. 너는 딱 두 가지 선택만 할 수 있단다. 넌 지금 두 가지 선택 앞에 놓인 거야."

부드러운 목소리였지만 내겐 선명하게 들려왔다.

"내가 나를 보면 어떤 생각이 들까요?"

"그건 네가 알겠지."

"그럼 열다섯 살 때의 저로 가볼래요. 그때 나는 어땠는지 너무 궁금했어요."

나는 말을 마친 후 한 발 한 발 앞으로 나가기 시작했다. 두려움과 기대감으로 거울에 손을 대자 내 몸이 거울 안으로 쑥 들어갔다.

'여긴 어디지? 운동장이네…. 내가 다녔던 학교였나? 너무 낯설어. 어! 저기서 땅을 파며 놀고 있는 아이?'

아이의 목소리가 들리는 곳으로 천천히 발을 옮겼다.

"두껍아, 두껍아, 헌 집 줄게, 새집 다오. 두껍아, 두껍아, 헌 집 줄게, 새집 다오."

아이는 손에 흙을 가득 담으며 혼자 놀고 있었다. 나는 그 아이에게 천천히 다가갔다. 얼마만큼 시간이 흐른 걸까. 그 아이와 많은 얘기를 나눴던 것 같다. 그리고 뛰어가는 어린 나를 바라보았다. 그 모습을 계속 쳐다보다가 반짝거리는 거울 속으로 뛰어들었다. 어느새 나는 거울 구두 앞에 서 있었다.

"어땠니?"

"참 해맑았어요."

"네게 무슨 말을 했니?"

"잘 지내라고 했어요."

"너는 뭘 하고 있었니?"

"운동장에서 혼자 놀고 있었어요. 그리고 뛰어가는 모습을 한참 바라봤어요. 그리고 이름

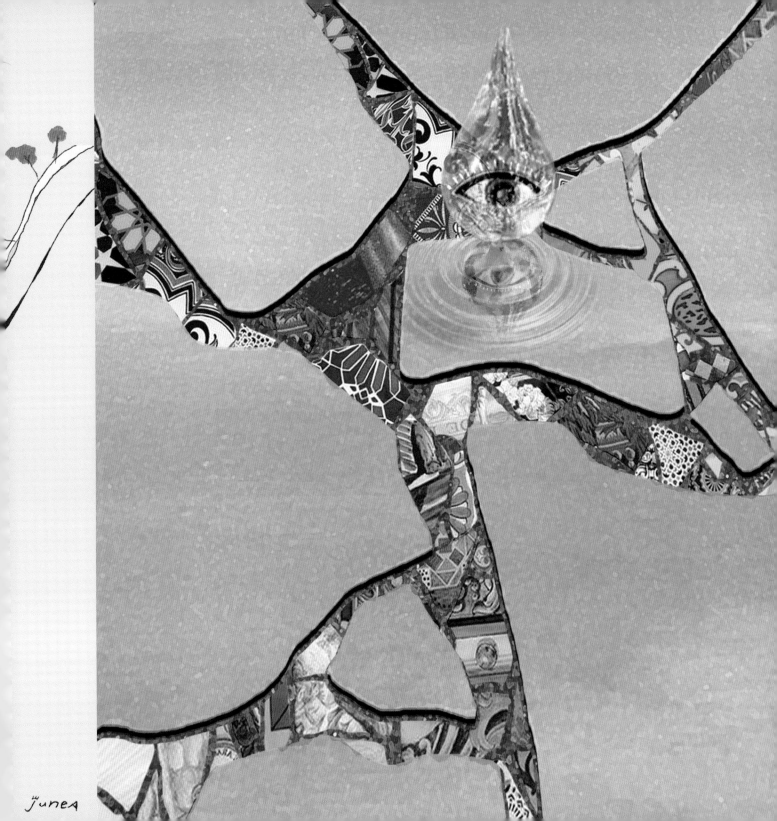

JUNEA

을 물어봤어요."

"이름이 뭐라고 하던?"

"쥬네스요. 그리고 악수를 청했어요. 그리고⋯."

갑자기 눈물이 나기 시작했다. 어린 시절의 나를 만난 것에 대한 행복감과 또 그 시절을 지나온 나에 대한 안타까움이 만들어낸 눈물이었다.

"다른 한 곳도 마저 볼래?"

고개를 숙이고 있던 나는 고개를 들었다.

"아니요. 내가 나를 볼 자신이 없어요."

내 눈물은 이슬처럼 흘러 거울 위로 떨어졌다. 사방에 있던 거울들이 순식간에 사라졌다. 거울 구두는 손목에 차고 있는 시계에 입을 대고 말했다.

"빨리 낙타를 보내줘요. 5분 후 발사될 로켓에 쥬네스를 태우면 될 거 같아요."

거울이 사라진 바다 사막 위로 낙타 세 마리가 나타났다.

'낙타가 나네. 하늘을 나는 낙타?'

두 마리 위에 한 마리가 올라타 내게 신호를 보내자, 나는 얼른 낙타 위로 올라갔다.

"저는 어디로 가나요?"

"저 낙타를 타고 별로 가는 로켓을 타게 될 거야."

"로켓이요? 별이요?"

"또 만나게 될 거야. 안녕 친구."

"어… 어디로… 으아악~~~!"

너무나 빠른 속도로 낙타는 하늘로 올라갔다. 저 멀리 사막이 먼지처럼 보였고, 낙타가 하늘로 하늘로 날아오를수록… 지구는 점점 작아져 갔다.

Junea

박람회장의 로켓 우주선

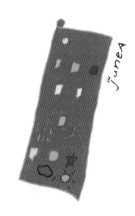

엄청난 속도가 느껴져 낙타의 날개를 꽉 부여잡았다.

"와와~ 우와~!"

하늘로 높이 더 높이 올라가자 커다란 로켓 우주선이 보였다. 나를 기다리기라도 했는지, 로켓 우주선의 문이 스르르 열렸다. 낙타는 날개를 펼쳐 나를 우주선 안에 넣어주고 다시 땅으로 내려갔다.

'내가 낙타를 타고 우주선 안으로 들어왔다고 하면 누가 이 말을 믿을까?'

우주선 창문 틈으로 바라본 하늘은 너무나 아름다웠다.

'우와, 이렇게 높은 하늘도 있었구나.'

우주선 안은 나 하나 간신히 들어갈 정도로 작았다. 하지만 놀라울 정도로 신기했다. 말도

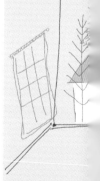

안 되게 정말 다양한 기계들이 쉴 새 없이 작동하고 있었다. 우주선 형태가 삼각형 머리에 몸체 하나여서 어찌 보면 너무 단순해서 마치 풍선 같은 기구를 타고 가는 느낌이었다.

'우주선은 지금 어디를 날아가고 있을까?'

이제 파란 하늘은 보이지 않았고, 어두컴컴한 밤에 아주 큰 별들이 빛나기 시작했다.

그때 조그맣게 신호가 들렸다.

"디킥뜨기 딕키뜨기 딕키뜨기. 안녕!"

"어? 누구세요?"

"오른쪽 버튼 중에서 빨간색 버튼을 누르렴."

"빨간색 버튼? 빨간색, 노란색, 파란색, 초록색… 이게 초록색 맞죠? 빨간색인가? 제가 빨간색이랑 초록색을 잘 구분 못해서…."

"잠깐! 그건 입력돼 있지 않은 정보인데. 구분을 못 한다고? 그럼 제일 오른쪽에 있는 버튼을 누르렴."

"네, 알겠습니다. 제일 오른쪽? 오른쪽! 그러니깐 선생님 방향에서 오른쪽!"

"미안. 제일 왼쪽 버튼을 누르렴."

"네, 왼쪽 버튼."

"너는 정말 손이 많이 가는구나."

"빨간색 버튼! 눌렀습니다."

그러자 산소 호흡 장치 같은 원통형 장치가 내 얼굴에 휙 씌워졌다.

"우와!"

그리고 내 몸 위로 알 수 없는 장치들이 장착되기 시작했다.

"우와!"

"이제 곧 우주 안으로 진입한다."

"그런데 당신은 누구세요?"

"나는 별을 만드는 과정의 세밀한 기술자야."

"그런데 당신은 어디 계시는 거예요?"

"난 너를 보고 있는 곳에 있지."

"아~ 반갑습니다. 그런데 별을 만든다고요?"

"응."

"지금 제가 보고 있는 별들은 뭔가요?"

"그건 이미 만들어진 별."

"그럼 기술자 님은 어떤 별을 만드시는 거예요?"

"그 별들과 함께 어울릴 별들을 만들지."

나는 창가로 다가가 별을 바라보았다. 큰 별 하나가 우주선 옆을 지나갔다.

"와~ 이렇게 가까운 곳에서 보는 별은 처음이에요."

"우주에는 수많은 별들이 있단다."

"지금 지나간 별은 무슨 별이에요?"

"지나간 별."

"농담을 잘하시네요."

"난 농담을 하지 않아."

"그러면 저 멀리 보이는 별은요?"

"저건 아빠별."

"아빠별이요?"

"누군가 아빠를 그리워하는 별이란다."

"기술자 님. 저기 동그랗고 삼각형으로 된 저 별은 뭐예요? 참 독특하네요."

"저건 세이비카 별이야."

"세이비카 별이요? 멋진 이름이네요. 그런데 이 우주에는 얼마나 많은 행성들이 있나요?"

"무수히 많지."

"그럼 박람회장에서 어느 곳에 있는 행성까지 관리하는 건가요?"

"박람회장은 많은 행성들을 관리하고 있어. 앞으로 더 많이 관리할 예정이야. 우린 행성을 계속 찾아가고 있고 행성을 찾기 위해 계속 별들을 만들고 있단다."

"아~ 별을 만드는 이유가 다른 행성들을 찾기 위한 거였군요."

"별과 별로 이어지는 공간에서 다른 행성들을 만날 수 있는 길을 찾고 있단다."

"너무 멋진데요! 이런 일들까지 박람회장에서 한다고요?"

JUNEA

"그렇단다. 이 우주선 역시 별을 만드는 로켓이야."

"별을 만드는 과정의 세밀한 기술자 님! 그런데 전 지금 어디로 가고 있나요? 아니, 지금 어디에 있나요?"

"넌 로켓 우주선 본체에 있지. 네가 탄 우주선 본체의 머리는 별이야. 이 우주선은 내려가서 다시 공장으로 들어갈 거야."

"그럼 전 여기서 어떻게 빠져나가야 해요?"

"그럴 필요 없어. 그냥 가만히 있으면 다 알아서 해줄 거야."

"전 지금 어느 별로 가는 건가요?"

"어느 별? 어느 별이야."

"어느 별이라고요?"

"어느 별이라고."

"아… 아까 지나간 건 지나간 별이고, 전… 지금 어느 별로 가는 거군요. 맞죠? 어느 별로. 하하하. 맞췄다."

"응, 그래. 참 재미있는 친구구나."

나는 반짝이는 별빛들을 하염없이 바라보았다.

'나는 지금 우주로 가고 있는 거야. 우와~ 정말 멋진걸!"

박람회 별

하늘로 높이 올라갈수록 내 몸이 허공에 둥실 떠올랐다.

'이게 중력이 약해졌다는 증거일까?'

내 몸은 천장 끝까지 갔다가 다시 내려오기를 반복했다. 그때 별을 만드는 과정의 세밀한 기술자가 다시 내게 말했다.

"이번엔 하얀색 버튼을 누르렴."

"하얀색 버튼."

버튼을 '띡' 누르자 삼각형 머리 부분과 연결된 문이 열렸다.

"이 비좁은 곳으로 제가 들어갈 수 있을까요?"

그 말이 끝나기가 무섭게 나는 그 안으로 쑤우욱 빨려 들어갔고 곧 문이 닫혔다. 거기서부

터는 기억이 가물가물했다. 마치 꿈꾸는 것 같았다.

"이번엔 초록색 버튼을 누르렴."

마치 환청처럼 들렸고, 깜깜한 어둠 속에서 반짝거리는 초록색 버튼을 꾹 눌렀다.

"너의 가장 큰 슬픔은 뭐니?

나를 본다는 거였다. 너무나 해맑은 내가 나를 보며 손을 내밀어준다.

어릴 때의 나 : 안녕하세요?

나 : 넌 누구니?

어릴 때의 나 : 쥬네스요.

나 : 응~ 멋지다.

어릴 때의 나 : 아저씨는 여기 왜 왔어요?

나 : 지나가다가 네가 보이길래.

어릴 때의 나 : 아~ 내가 보이는 사람이구나.

나 : 그럼 네가 왜 안 보여?

어릴 때의 나 : 내가 보기만 했지 누군가 나를 볼 거라고는 생각 못 했어요.

'어! 이건 아까 거울 속으로 들어갔던 곳인데…. 아~ 내가 어릴 때의 나와 저런 얘기를 나눴구나.'

띡띡 띡띡!

"이번엔 파란색 불을 켜렴."

'내가 잠깐 꿈을 꿨나? 파란색 불?'

띡!

"안녕! 나는 삼각 머리 챗 로봇 박사야."

"삼각 머리 챗 로봇 박사? 아참, 내가 삼각형 머리 우주선을 타고 있지!"

"반갑다. 네게 몇 가지 쓸모 있는 얘기를 해줄게."

"쓸모 있는 얘기요?"

첫째, 단순해져야 한다.

둘째, 기계는 너의 마음을 읽고 있다.

셋째, 항상 배고파야 한다.

"박사님, 이게 제게 정말 쓸모 있는 건지…… 왜 아무 말도 안 하시죠? 챗 로봇 박사님? 챗 로봇 박사님!"

치칙! 치칙! 쑥!

'어! 사라지셨네. 난 지금 엄청 높은 곳으로 가고 있나 봐.'

퉁!

'어! 뭐지? 이게?'

우주선이 뭔가 분리되는 것 같았다.

'아하! 그래! 아까 삼각형 머리가 다시 별이 될 거라고 했지. 그럼 내가 타고 있던 본체가 분리된 거네.'

짧은 순간이었지만, 우주로 끝없이 올라가는 동안 정말 많은 생각을 했다. 삼각 머리 챗 로봇 박사는 내가 힘들만 하면 나타났다가 사라졌다.

치익—!

첫째, 단순해져야 한다.

둘째, 기계는 너의 마음을 읽고 있다.

셋째, 항상 배고파야 한다.

"박사님! 저 다 외웠어요, 배고파요. 밥 주세요."

칙ㅡ!

'또 사라지셨네. 로켓 우주선을 타면 진짜 빨리 갈 줄 알았는데 생각보다 더디네. 밖을 볼 수 없으니 너무 궁금해. 아까 우주를 볼 때 좋았는데… 그런데 챗 로봇 박사님이 저렇게 계속 얘기하는 이유가 있겠지? 단순해져야 한다. 기계는 너의 마음을 읽고 있다. 항상 배고파야 한다…. 나는 평소에도 단순했으니까 첫 번째는 잘하고 있는 거고, 두 번째! 기계가 나의 마음을 읽고 있다고? 어떻게 읽지? 기계야, 넌 내 마음을 읽을 수 있니? 미안. 내가 괜한 얘기를 했구나. 아무튼 어떻게 될지는 모르겠지만 참 재밌다.'

그때 아래쪽 문이 스윽 열렸다.

'어! 바닥이 보인다. 난 아무것도 안 눌렀는데? 오~ 기계가 내 마음을 읽고 있네. 내가 밖을 보고 싶다는 걸 어떻게 알았지? 히히. 와~ 재밌다. 아름다운 박람회장, 아름다운 지구, 저렇게 아름다운 행성이 내가 살고 있는 곳이라니….'

우주의 풍경은 내가 상상하지도 못한 아름다움 그 자체였다. 내가 여기 오기까지 수많은 것들이 움직였다는 걸 알았을 때는 아름다웠지만, 가까이에서는 정말 치열하다는 것을 다시 한 번 느끼는 순간이었다.

'그래. 배고프니까 머리가 맑아지네. 박사님이 한 말이 이런 뜻이었을까? 아, 모르겠다. 단

순해지자.'

그 순간 내 머리 위에 있는 삼각별이 반짝거리는 게 느껴졌다.

반짝반짝

반짝반짝

'우와! 이제 별에 가까워졌다는 걸까?'

순간 '피이이이잇' 하는 굉음과 함께 삼각 머리 본체가 어떤 곳을 향해 달려가는 느낌이 들었다.

슈우우우욱~~!

좀 전과 달리 엄청난 속도였다.

"챗 로봇 박사님! 무슨 말씀이라도 좀 해주세요. 저 이대로 가만히 있어도 되는 거겠죠?"

'난 어디로 가고 있는 걸까? 낙타가 날 여기 데려다줬고, 내가 로켓 우주선을 탔고, 우주선 본체가 떨어져 나갔고, 챗 로봇 박사님이 나한테 얘기를 해줬고, 어… 별을 만드는 과정의 세밀한 기술자 님이 나한테 아… 머리 아파… 아… 너무 엄청난… 으윽… 내가 이걸 이겨낼 수 있을까?'

엄청난 속도와 무게감이 나를 짓눌렀다.

씨이이잇! 파앙!

갑자기 우주선이 급정거하는 느낌이 들었다. 서서히 우주선 본체가 움직이기 시작했다. 마치 차를 주차하듯 이리저리 움직였다.

'와, 삼각형 네 개가 보이네. 그럼 내가 그 지점에 도착한 걸까?'

삼각 머리 본체가 별의 마지막 자리를 찾아 별을 완성했다는 연락을 받았다.

"하나의 별이 완성됐습니다. 하나의 별이 완성됐습니다. 우주 교신."

뚜둑뚜둑뚜둑뚜둑 뚝!

기계 소리가 들렸고 영수증이 뽑히듯 긴 종이들이 내 앞으로 스르륵 쏟아졌다.

'이게 다 뭐야? 숫자, 도면에 이상한 좌표까지… 내가 지금 별에 왔나 봐. 신기해. 나가도 될까?'

그렇게 생각하는 순간 문이 열렸다. 삼각형 다섯 개가 모여 있는 별 문을 열고 밖으로 나왔다.

'우와~ 대단한데!'

별과 별 사이에 큰 사다리들이 이어져 있었다.

'이 사다리는 별 양치기 님이 타고 올랐던 그 사다리인데. 그 사다리가 여기까지 연결돼 있다고? 거짓말! 아니지, 거짓말이 아니라… 우와, 대단해! 설마, 그 사다리는 아니겠지? 하지만 사다리가 여기 있잖아. 와~.'

사다리를 타고 그냥 가는 줄 알았는데 엄청나게 많은 계단이 밑으로 쭉 놓여 있었다. 한 층인 줄 알았던 내가 있는 별은 38층으로 이뤄져 있었다.

38층 별 구경

"이게 실제일까? 38층이라는 게?"

아래로 내려갈수록 1층, 2층, 3층, 4층, 5층… 층마다 숫자가 적혀 있었고 38층이 맨 마지막 층이었다.

"여기가 1층이고 내려가면 38층? 반대인데? 우와~ 재밌다. 여기가 1층이야. 좋아! 한 발 한 발 내디뎌보자. 난 지금 1층에서 2층으로 내려간다."

밖에서 볼 땐 하나의 별이었는데 안에 들어와 보니 38층으로 되어 있었다. 내가 지금까지 경험했던 많은 일들에 비하면 놀랄 일도 아니었는데 정말 신기했다. 층마다 사람들이 모여 회의를 하는 건지 아니면 별을 구경하는 건지, 여러 생물체와 생명체들이 모여 있었다.

"우와~ 안녕하세요!"

유리창을 사이에 두고 그들과 말을 나눌 수는 없었지만, 서로 반갑게 인사를 나누었다. 많은 식물들과 동물들, 사람들이 그곳에 있었다.

'저 사람들은 저기서 뭘 하는 거지? 궁금하다.'

그들도 나를 신기해하며 쳐다보았다.

'저기 외계인도 있을까? 있으면 진짜 흥미진진할 텐데….'

나는 5층으로 내려가고 있었다.

'잠깐만! 유리창에 붙어 있는, 이게 뭐지? 아주 조그마한데 혹시… 내 친구 시아노박테리아? 시아노박테리아, 맞지?'

"안녕!"

'그때 만났던 그 친구들은 아닌 거 같은데… 혹시 날 알아보는 걸까? 혹시 그 친구들과 아는 사이일까?'

나는 유리창으로 다가가 뚫어지게 쳐다보았다. 너무 작아서 안 보였지만, 시아노박테리아 친구들을 만났을 때의 기억이 떠올라 반가웠다. 그런데 시아노박테리아는 뭔가 말을 하는 것 같았다.

"뭐라고? 더 크게 말해줄 수 있겠니?"

내가 유리창에 대고 말하자 뿌옇게 김이 서렸다. 마치 암호처럼 그 유리창에 어떤 숫자가 쓰이기 시작했다. 시아노박테리아는 자리를 옮기면서 내게 계속해보라고 손짓하는 듯했다. 나는 옆쪽 유리창에 입김을 불었다. 그러자 거기에도 또 다른 숫자가 새겨졌고, 내가 계속 입

김을 불자 숫자가 새겨졌다.

'이 숫자는 뭘 뜻하는 걸까?'

나는 숫자와 기호를 머릿속에 재빨리 담았다. 시아노박테리아가 보내는 신호라고 생각했기 때문이다.

"너무 반가웠어."

인사를 건넸다.

'나를 알아보는 것 같아. 아니면 내 얘기를 들었던지.'

엘리베이터를 타라는 음성이 들리자, 나는 엘리베이터 앞으로 다가갔다. 문이 열렸다. 이 문은 또 다른 곳과 연결된 것 같았다.

'나는 지금 5층인데 38층으로 내려가보자. 좋아! 한번 타보자.'

나는 '38'이라고 쓰여 있는 번호를 눌렀다. 누르자마자 도착했다. 문이 열려서 바깥으로 나왔다. 내가 내려온 계단을 쳐다보았다.

'정말 많은 계단이 있네. 우와~ 신기해! 어! 달님이네? 달이 저쪽에 있었구나!'

나는 반짝거리는 달을 보며 환호성을 질렀다.

'그런데 저 달은 내가 그동안 봐왔던 달과 같은 달인가? 다른 달인가? 왜 느낌이 다르지?'

내가 있는 38층이 왠지 저 달과 연결되는 것 같았다.

'내가 1층에 있었을 땐 저 달이 안 보였는데 38층까지 오니 저 달이 보이네. 어? 달과 연결된 길이 있구나. 한번 가볼까?'

나는 달과 연결된 길을 천천히 걸어갔다. 불빛들이 반짝거렸고, 내가 지나갈 때마다 나를 반기는 듯 불빛이 계속 깜빡깜빡거렸다. 하나의 길을 통과하고 두 번째 길을 걸어갈 때 우주선 복장의 헬멧과 유니폼이 내 앞으로 쑥 다가왔다.

"앗! 깜짝이야! 어디서 나타났지?"

우주인이 내게 헬멧과 유니폼을 내밀었다.

"우주인 아저씨! 어디서 오신 거예요? 어! 우주선 아저씨 명찰이 보이네요. 안녕하세요, 헬멧을 쓰고 있지만 저를 보고 있는 게 맞죠?"

헬멧이 까매서 안이 전혀 보이지 않았다. 하지만 분명히 우주인이었다.

"명찰을 보니 우주인 박씨? 아! 박씨 성의 우주인이시군요. 안녕하세요, 박씨 아저씨."

헬멧을 쓰고 있어서 얼굴은 볼 수 없었지만, 짙은 고글에 반사되는 내가 보였다. 박씨 아저씨가 내게 먼저 악수를 청했다.

"반갑습니다. 우와~ 우주인 아저씨는 처음 만나요. 그런데 여기는 어디인가요?"

"당신은 지금 사파리 달로 갈 거예요."

아저씨가 여기 있는데 소리는 저 위에서 들리는 것 같았다. 마치 라디오에서 소리가 나는 것처럼.

"사파리 달이요?"

"많은 동물들이 그곳에 살고 있어요."

"그곳은 동물원인가요?"

"아니에요. 달이죠."

"달에 동물들이 살아요?"

"사파리 달입니다."

"그래서 저 위에 식물들과 동물들이 많이 있었군요. 그리고 사람들도 있었고. 제 친구 시아노박테리아도 있던데요."

아저씨의 얼굴은 보이지 않았지만 웃는 듯했다. 그 웃음소리도 마치 라디오에서 나오는 듯했다.

"저기는 사파리 달에 가려고 기다리는 곳입니다."

"저는 엘리베이터를 타고 내려왔어요. 그런데요, 엘리베이터를 타고 38층을 분명히 눌렀는데 바로 열렸어요."

"당신은 그 속도를 인지하지 못한 거죠."

"도대체 얼마나 빨리 작동하길래 제가 그 속도를 몰랐을까요?"

"하하하하!"

이번엔 진짜로 큰 웃음소리가 들렸다.

"하하하하하!"

웃음은 전염된다고 나도 같이 웃었다.

"그런데 동물들은 어떻게 그곳으로 갔나요?"

"이 별로 이동해서 그쪽으로 갔죠."

"제가 가는 이 길을 통과해서 간 거군요."

"맞아요."

"동물들은 얼마만큼 있나요?"

"모든 동물이 다 있습니다. 모든 식물도 다 있고요."

"죽은 건가요, 살아 있는 건가요?"

"다 살아 있죠."

나는 그 길을 지나가면서 우주에 수많은 별들과 수많은 달들이 함께 떠 있는 모습을 보았다.

"내가 본 달만 있는 게 아니었어. 저 많은 달들, 저 많은 별들. 와… 너무 대단하다."

마치 달에 이름이 새겨져 있는 것 같았다.

"저긴 사파리 달. 저기는 바다 달. 저기는 나무 달. 저기는 반달!

푸른 하늘 은하수 하얀 쪽배에 계수나무 한 나무 토끼 한 마리.

토끼가 살고 있는 반달! 토끼야, 안녕!

하지만 내가 지금 가는 사파리 달에서는 또 무엇이 나를 반겨줄까?"

기대해본다. 지금 보는 이 많은 우주의 달과 별을 내 눈에 쏘옥 담아두고 싶었다.

사파리 달

저 멀리 보이는 사파리 달에 얼핏 동물들의 그림자가 비치고, 동물들이 나란히 서 있는 것처럼 보였다.

'얼룩말, 사자, 기린, 어? 토끼도 있네?'

토끼 모습은 그림자가 더 짙게 보였다.

'코끼리, 새, 북극곰… 와, 다 있네. 우와! 공룡! 공룡도 있다!'

나는 신기해하면서 통로에 비친 내 모습을 신기하게 바라보며 걸었다. 그런데 갑자기 내 몸이 푹 꺼지듯 내려앉는 기분이 들었다. 걸음이 더뎌지면서 쿵 내려가는 기분과 함께 말로 표현할 수 없는 변화를 느꼈다.

'뭐지, 어떻게 된 거지?'

앞이 안 보였고 뭐라 말할 수 없이 갑갑했다. 고개를 갸웃하며 밖을 쳐다보았지만 아무것도 보이지 않았다.

그때 목소리가 들렸다.

"박람회장을 얼마나 여행했죠?"

반복해서 들렸다.

"박람회장을 얼마나 여행했죠?"

"모르겠어요. 얼마만큼 있었는지."

'누가 말하는 거지?'

"제가 얼마만큼 여기 있었나요?"

'이건 내 목소리가 아닌데!'

"오래됐니?"

"네. 아주 오래된 것 같습니다."

'이건 내 목소리가 아닌데!'

"그래? 그럼 기록을 찾아볼게. 음~ 아주 많은 곳을 봤구나. 사막의 모래를 헤쳐 나갔을 때 기분은 어땠어? 50년 동안 정비되지 않은 곳에서 정말 훌륭한 일을 했구나. 지금 투명 가방은 잘 가지고 있지?"

"네. 투명 가방은 잘 갖고 있어요."

'네. 투명 가방은 잘 갖고 있어요? 내 목소리가 아닌데!'

"사막의 모래를 헤치고 나온 기분은 진짜 좋았습니다. 그리고 거기서 거울 구두 님을 만났고."

"하늘을 나는 낙타는?"

"그것도 좋았어요. 그런데 왜 아무것도 안 보이는 거죠? 뭔가 낮아졌어요. 그리고 이거 누구 목소리예요? 어떻게 된 거예요?"

"어떻게 설명해야 할까? 너는 어린 시절로 돌아갔어."

"어린 시절로 돌아갔다고요? 그럼 제가 어린이가 됐나요?"

"반갑다, 쥬네스 어린이. 박람회장에 들어올 때 얘기를 못 들었니?"

'박람회장에 내가 어떻게 들어왔지? 그래, 여기 있는 동안 내가 있었던 곳을 한 번도 생각해 본 적이 없네. 맞아! 테니스 할아버지!'

테니스 할아버지와 만났던 시간과 할아버지가 했던 말이 떠올랐다.

어릴 적 모습을 보게 될 거야.

'어릴 적 모습을 보게 될 거야? 그럼 나는 지금… 나는….'

그때 입고 있던 우주복이 주욱 반으로 찢어지면서 상상하지도 못했던 또 다른 나를 볼 수 있었다.

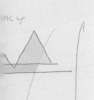

별과 달이 보이는 유리 거울 앞에 비친 나는 거울 사막에서 만났던 열다섯 살 아이 모습을 한

.

.

.

.

.

.

.

.

.

.

.

.

.

.

.

MON

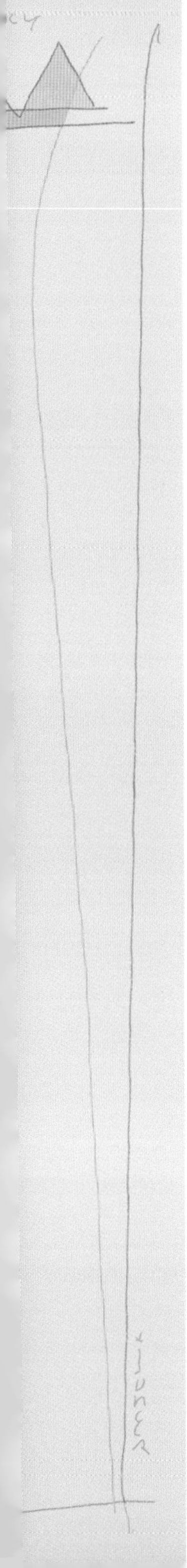

．

．

．

．

．

．

．

．

．

．

．

．

쥬네스였다.

"안녕, 쥬네스!"

3. DA에서 펼쳐질 이야기

어린이가 된 쥬네스는 사파리 달에서 동물 친구들을 만나 즐겁게 논다.

우주를 둥둥 떠다니며 여행을 하던 쥬네스는 산 할아버지를 만나러 가다가

동굴에 떨어져 기억을 잃고 만다.

무슨 일이 있었는지 알기 위해 기억의 사다리를 타고 간 쥬네스는

흰 모래성에서 이상한 기운을 감지하는데….

1년 1분 1초와 만나는 우주의 시간 속으로 쥬네스의 모험이 전개된다.